कालजयी कवि और उनका काव्य

गुरु नानक

संपादक
माधव हाड़ा

राजपाल

ISBN : 9789393267351

पहला संस्करण : 2023 © राजपाल एण्ड सन्ज़

KAALJAYI KAVI AUR UNKA KAVYA : GURU NANAK (Poetry)
Edited by Madhav Hada

राजपाल एण्ड सन्ज़

1590, मदरसा रोड, कश्मीरी गेट, दिल्ली-110006
फ़ोन : 011-23869812, 23865483, 23867791
e-mail : sales@rajpalpublishing.com
www.rajpalpublishing.com
www.facebook.com/rajpalandsons

क्रम

वाणी चयन

भूमिका

गुरु नानक (1469–1539 ई.) मध्यकालीन संत-भक्ति आंदोलन के सबसे असाधारण व्यक्तित्व हैं। उन्होंने एक नये, समावेशी और उदार धर्म की बुनियाद रखी, जो उनके समय में तो लोकप्रिय हुआ ही और बाद में भी इसका पल्लवन और विस्तार हुआ। उन्हें 'पवित्रात्माओं का राजा', 'हिन्दुओं का गुरु' और 'मुसलमानों का पीर' कहा जाता है। मध्यकाल में गुरु नानक जैसी स्वीकार्यता, मान्यता और किसी भी संत-भक्त को नहीं मिली। वे ऐसे धर्म और पंथ के प्रवर्तक थे, जिसके विचार व्यवहार में भी आए और इनसे लाखों लोगों की जीवन पद्धति बदल गयी। गुरु नानक विचार के साथ व्यवहार के भी संत थे। उन्होंने जो कहा इस तरह कहा कि वह लाखों लोगों के आचरण में सम्मिलित हो गया। गुरु नानक ने अपने को अपनी वाणी में 'ढाढ़ी' और 'कवि' कहा है और जनसाधारण ने उन्हें 'गुरु' और 'बाबा' कहकर सम्मानित किया है। यह कहा जाता है उनकी शिक्षाएँ अपने समय के संतों के विचारों का समन्वय या संश्लेषण है, लेकिन इनमें उनका अपना मौलिक बहुत है। उन्होंने धर्म प्रचार के लिए दूरस्थ स्थानों की यात्राएँ कीं। उनको अपनी वाणी और उसके व्यवहार के लिए खाद-पानी तत्कालीन पंजाब से मिला, जो उस समय बाह्य विचारों के प्रवेश का द्वार था। बाह्य विचारों के खाद से पंजाब के जनसाधारण की उर्वर मनोभूमि ने उनके सामवेशी और उदार विचारों को उगने-बढ़ने का अवसर दिया। गुरु नानक असाधारण संवेदना के कवि भी थे। उनकी वाणी अनायास कविता भी है, जिसमें उनके गूढ़ आध्यात्मिक अनुभव को धारण करने की सामर्थ्य है। अपने समय के बाह्याचरों में अंतर्निहित विरोधाभासों को उजागर करने के लिए उन्होंने व्यंग्य का सहारा इस तरह लिया कि ये विरोधाभास मुखर होकर जनसाधारण के ध्यान में आ गए।

गुरु नानक के पंथ प्रवर्तन और इसके परवर्ती विस्तार के कारण उनके जीवन को जानने-समझने के पर्याप्त स्रोत उपलब्ध हैं। उनके शिष्यों और साथियों ने उनके जीवन की सक्रियता के तत्काल बाद से ही उनकी स्मृति को निरंतर सुरक्षित और जीवंत रखना शुरू कर दिया। उनके जीवन से संबंधित सबसे अधिक विश्वसनीय सामग्री भाई गुरुदास (1551-1636 ई.) की *वारां भाई गुरुदास* में है। उनके जीवन से संबंधित दो शताब्दियों के दौरान लिखी गयीं जन्म साखियाँ (1600-1800 ई.) उपलब्ध हैं। *जनम साखी बाबा नानक दी* को डब्ल्यू.एच. मेकलॉड आदि ने सबसे विश्वसनीय माना है। इसकी दो प्रतियाँ—एक इंडिया ऑफ़िस लाइब्रेरी, लंदन और दूसरी हाफिज़ाबाद में मिलती हैं और दोनों को मिलाकर *पुरातन जन्म साखी* (1600 ई. से पूर्व) कहा जाता है। बाला की *जनम साखी* (1638-1658 ई.) भी उपलब्ध है, जिसे खुशवंत सिंह सहित कई विद्वानों ने विश्वसनीय माना है। गुरु रामदास (1534-1581 ई.) के पौत्र मेहरबान की *मिहरबान की जनम साखी* (1620 ई. से पूर्व) और गुरु गोबिंदसिंह (1666-1760 ई.) के समकालीन भाई मनीसिंह को *ज्ञान रत्नावली* भी है, जिसमें पूर्ववर्ती साखियों की सामग्री का प्रयोग हुआ है। मोहसिन फ़ानी (जन्म 1715 ई. के आसपास) कृत *दाबिस्तान-ए-मज़ाहिब* में भी गुरु नानक का वृतांत मिलता है, लेकिन विद्वान् इसको बहुत विश्वसनीय नहीं मानते। गुरु नानक और सिक्ख धर्म पर बहुत महत्त्वपूर्ण और आधारभूत कार्य मेक्स आर्थर मेक्कालिफ़ (1838-1913 ई.) ने *दि सिक्ख रीलिजन : इट्स गुरु, सेक्रेड राइटिंग्ज़ एंड ओथर्स* और डब्ल्यू.एच. मेकलॉड (1932-2009 ई.) ने *गुरु नानक एंड दि सिख रीलिजन* नाम से किया। जनम साखियों में गुरु नानक के जीवन से संबंधित चामत्कारिक घटनाओं का उल्लेख है और इस कारण पश्चिमी विद्वता इनको कुछ हद तक संदिग्ध मानती है। दरअसल इस तरह के उल्लेख अस्वाभाविक नहीं हैं। चमत्कार मध्यकालीन जनसाधारण के लिए संत होने की ज़रूरी अर्हता था। यह भारतीय लोक का स्वभाव है—वह अपने संतों के जीवन में इस तरह की चामत्कारिक घटनाएँ जोड़ता है।

गुरु नानक के जन्म समय और स्थान को लेकर बहुत विवाद नहीं है—इस संबंध में जन्म साखियों में जानकारियाँ उपलब्ध हैं। *पुरातन जन्म साखी,*

बाला की जनम साखी और *ज्ञान रत्नावली* के अनुसार गुरु नानक का जन्म 3 वैशाख, संवत् 1526 अर्थात् 15 अप्रैल, 1469 ई. को हुआ। *बाला की जन्म साखी* में उल्लेख है कि गुरु नानक का जन्म 15 कार्तिक संवत् 1526 अर्थात् नवंबर, 1469 ई में हुआ। *जन्म साखी* में लिखा गया है कि—''विक्रमी संवत् 1526 कार्तिक मास को पूर्णमासी के दिन श्री गुरुनानक देव जी महाराज का जन्म हुआ। उस समय आधी रात्रि से एक घड़ी ऊपर थी। मुहूर्त अत्यंत शुभ था।'' महाराजा रणजीत सिंह (1780-1839 ई.) के समय से ही नवंबर में गुरु नानक का जन्म दिन मनाया जाता है। जन्म साखियों और सरूपदास भल्ला कृत *महिमाप्रकाश* (1766 ई.) के अनुसार गुरु नानक का जन्म उनके पिता के घर राय भोए की तलवंडी में हुआ और यही क़स्बा बाद में ननकाना के नाम से विख्यात हुआ। कुछ विद्वान् यह भी मानते हैं कि गुरु नानक का जन्म उनके ननिहाल काहन कच्चा या चाहल में हुआ। गुरु नानक के पिता का नाम मेहता कालू बेदी था—वे जाति से खत्री और गोत्र के अनुसार बेदी थे। गुरु नानक की माँ का नाम तृप्ता था और कहा जाता है कि उनकी एक बहन भी थी, जिसका नाम नानकी था। गुरु नानक के नाम को लेकर विद्वान् एक राय नहीं हैं। कुछ विद्वानों की धारणा है उनका जन्म ननिहाल में हुआ, इसलिए उनका नाम नानक हुआ, जबकि कुछ अन्य विद्वानों का मानना है कि बहन नानकी के बाद सौभाग्य से उनका जन्म हुआ, इसलिए उन्हें नानक कहा गया।

गुरु नानक की औपचारिक शिक्षा के संबंध में कोई साक्ष्य नहीं है। गाँव के चौधरी राय बुलार ने इस शर्त पर गुरु नानक को उनके पिता के स्थान पर पटवारी लगाना स्वीकार कर लिया था कि वे फ़ारसी सीख लें। अरबी और फ़ारसी शब्दों का जिस तरह से उनकी वाणी में प्रयोग हुआ है, उससे लगता है कि इन भाषाओं का उनको अच्छा ज्ञान था। जन्म साखियों सहित अन्य स्रोतों में उनके फ़ारसी अध्यापक के रूप में रुकनदीन, कुतुबद्दीन और सैयद हसन का नामोल्लेख मिलता है। यह भी कहा जाता है कि गोपाल पंडित ने उन्हें हिन्दी पढ़ना-लिखना सिखाया। औपचारिक शिक्षा के अलावा गुरु नानक अवश्य ही साधु-संतों के संपर्क और सान्निध्य में रहे होंगे। *जपुजी, आसा दी वार, सिध गोष्ट* जैसी रचनाओं से लगता है कि उन्होंने धर्मशास्त्रीय ग्रंथों का अध्ययन किया होगा। नौ वर्ष की आयु में गुरु नानक को जनेऊ धारण करवाया गया और यह घटना उनके लिए आश्चर्यकारी थी। वे इसका निहितार्थ नहीं जानते

थे—जन्म साखियों में यह उल्लेख है कि उन्होंने पंडित हरदयाल के सामने इससे संबंधित अपनी जिज्ञासा भी रखी। उनकी रचना *आसा दी वार* में इस आशय का एक सबद भी है।

गुरु नानक का विवाह बारह से सोलह वर्ष की उम्र के बीच गुरुदासपुर ज़िले के बटाला गाँव के श्री मूला की बेटी सुलखणी से हुआ। यह विवाह संभवतया 1481 से 1485 ई. के बीच हुआ होगा। उनके श्रीचंद और लक्ष्मीदास नाम के दो पुत्र भी हुए। पिता कालू बेदी की इच्छा थी कि उनका पुत्र सांसारिक जीवन व्यतीत करे। उन्होंने कोशिश की कि वह भैंस पालन, कृषि, घोड़ों के व्यापार आदि में अपना मन लगाए, लेकिन जिस तरह की गुरु नानक की प्रवृत्ति थी, वे इसमें सफल नहीं हुए। कहते हैं कि उन्होंने नानक को धन देकर चूहड़ख़ान, ज़िला शेख़पुर भेजा, लेकिन वे सारी धनराशि साधु-संतों पर व्यय कर घर लौट आए। अंततः बहन और जीजा जयराम के आग्रह पर गुरु नानक को सुल्तानपुर भेजा गया, जहाँ दौलत ख़ान लोदी ने उनको अपने मोदीख़ाने में रख लिया। उन्होंने बहुत मनोयोग से मोदीख़ाने का काम किया, लेकिन खाली समय और रात्रि में वे अपना समय भजन-स्मरण में ही व्यतीत करते थे।

सुल्तानपुर प्रवास गुरु नानक के जीवन में निर्णायक मोड़-पड़ाव वाला सिद्ध हुआ। कहते हैं कि यहाँ की नदी बेईं में प्रात: स्नान के बाद गुरु नानक लुप्त हो गए। लोगों ने अनुमान लगाया के वे नदी में डूब गए हैं, लेकिन नानक चौथे दिन लौट आए। संभवतया यह घटना 1499 ई. में हुई, जब नानक की उम्र 13 वर्ष की रही होगी। *पुरातन जनम साखी* के अनुसार गुरु नानक को इस दौरान परमात्मा की दरगाह में ले जाया गया, जहाँ उन्हें पीने के लिए अमृत का प्याला और परमात्मा के प्रचार का आदेश दिया गया। समाधि की इस अवस्था के बाद गुरु नानक का जीवन पूरी तरह बदल गया। यह उनका पहला आध्यात्मिक अनुभव था। वे अन्यमनस्क रहने लगे। अक्सर उनके मुँह से निकलता कि 'न को हिन्दू न मुसलमान।' उन्होंने अपनी समस्त संपत्ति दान कर दी। यही वह समय था जब मुस्लिम संगीतकार मरदाना उनके संपर्क में आए और फिर वे आजीवन उनके साथ रहे। मोदीख़ाने की नौकरी के दौरान की उनके जीवन की दो घटनाओं का उल्लेख जन्म साखियों में मिलता है। कहते हैं कि मुसलमानों से हिन्दुओं की तुलना करने से नाराज़ एक काज़ी ने उनकी शिकायत नवाब दौलत ख़ान से की। दौलत ख़ान ने उनको बुलवाया

और अपने पास बिठा लिया। नमाज़ के वक़्त सभी नमाज़ अदा करने लगे। गुरु नानक भी खड़े हुए, लेकिन उन्होंने सिजदा नहीं किया। काज़ी ने जब इस पर आपत्ति की, तो गुरु नानक ने कहा कि सिजदे के वक़्त काज़ी का ध्यान नमाज़ में नहीं था। उसका ध्यान तो उस नए बछड़े में था, जिसे वह मस्जिद में आने से पहले आँगन में छोड़ आया था। काज़ी ने तत्काल यह बात मान ली और वह उनके पाँवों में पड़ गया। इसी तरह कहते हैं कि दौलत ख़ान को यह शिकायत की गई कि गुरु नानक का ध्यान मोदीख़ाने में नहीं है। वे लोगों को अधिक तौलकर देते हैं, जिससे राजस्व का नुकसान हो रहा है। बाद में जब इसकी जाँच-पड़ताल करवायी गयी, तो पाया गया कि मोदीख़ाने में माल कम नहीं, ज़्यादा था।

गुरु नानक के गुरु कौन थे, यह भी अनिर्णीत है। उनकी वाणी में गुरु महिमा बहुत है, लेकिन इसमें कहीं भी उनके गुरु का नामोल्लेख नहीं मिलता। कुछ विद्वानों की धारणा है कि गुरु नानक का कोई गुरु अवश्य रहा होगा। *सियारुल मुताख़रीन* (1781 ई.) के लेखक ग़ुलाम हुसैन ख़ान के अनुसार सैयद हसन गुरु नानक के गुरु थे, जबकि जी.एच. वेस्टकॉट (1862–1928 ई.), जे.एन. फ़रकुहर (1861–1929 ई.) आदि का मानना है कि कबीर गुरु नानक के गुरु थे। वेस्टकॉट के अनुसार ''जो लोग कबीर को अपना रूहानी मार्गदर्शक मानकर उनके प्रति आभार प्रकट करते हैं, उनमें सिख पंथ के संस्थापक पंजाब के नानकशाह भी है।'' बग़दाद से मिले एक शिलालेख के अनुसार गुरु मुराद गुरु नानक के मार्गदर्शक थे। शिलालेख में उल्लेख है कि— ''गुरु मुराद का देहांत हो गया। बाबा नानक फ़कीर ने इस भवन के निर्माण में सहायता की, जो एक सच्चे शिष्य के प्यार को प्रकट करता है।'' सिखों का परंपरागत विचार भी यही है कि गुरु नानक के कोई गुरु नहीं थे और यह धारणा कुछ हद तक युक्तिसंगत भी है। गुरु नानक ने देश भर के साधु-संतों के सत्संग-सान्निध्य, अपने अनुभव और निरंतर साधना से आध्यात्मिक ऊँचाई प्राप्त की। उनके अनुभव और साधना के सरोकार बहुत व्यापक थे। किसी गुरु के साथ बँधने का मतलब अपने को किसी ख़ास मत में सीमित करना था, जो लगता है कि उन्होंने नहीं किया।

गुरु नानक ने अपने जीवन के अंतिम वर्ष, 1520–39 ई. रावी नदी के किनारे करतारपुर में गृहस्थ की तरह व्यतीत किए। भाई गुरुदास ने उनके जीवन

के इस चरण के संबंध में लिखा है कि—''फिरि बाबा आइआ करतरपुरि भेख उदासी सगल उतारा। पहिरी संसारी कपड़े मंजी बैठि कीआ अवतार।'' जीवन के इस अंतिम चरण में उन्होंने दो प्रथाएँ, लंगर और सेवा की शुरुआत की। ये दोनों प्रथाएँ सिख धर्म के समावेशी विचार को व्यावहारिक रूप देने वाली सिद्ध हुईं। संगत में सभी तरह के कामों का समान महत्त्व और सम्मान भी यहीं शुरू हुआ। मनुष्य और मनुष्य की समानता का विचार और सभी तरह के कामों के प्रति सम्मान के विचार को इन प्रथाओं ने व्यवहार में उतार दिया। ये प्रथाएँ बाद में भी जारी रहीं और इनका महत्त्व पंथ में बढ़ता गया। गुरु नानक के साथी और सहयोगी मरदाना का 76 वर्ष की उम्र में निधन हुआ। जन्म से मुसलमान मरदाना को पंथ में सम्मानित स्थान मिला। गुरु अर्जुन देव (1563-1608 ई.) ने मरदाना के तीन सबदों को *आदिग्रंथ* में सम्मिलित किया। गुरु नानक की अपने उत्तराधिकारी शिष्य लहना से भेंट भी इसी दौरान हुई। पहली ही भेंट में गुरु और शिष्य एक दूसरे से प्रभावित हुए। गुरु नानक ने लहना का नाम अंगद रखकर उनको अपना उत्तराधिकारी बना दिया। उन्होंने अपनी वाणी की पोथी अंगद को सौंप दी और संसार छोड़ने का निर्णय कर लिया। उनके अंतिम प्रस्थान के समय मित्र, शिष्य, परिजन सभी एकत्र हुए। जन्म साखियों के अनुसार अंतिम समय में मुसलमानों ने उन्हें दफ़नाने और हिन्दुओं ने जलाने का आग्रह किया। कहते हैं कि गुरु नानक के आग्रह पर दोनों ने अपने फूल उनके पार्थिव शरीर के पास रख दिए और नानक ने इसके बाद चादर ओढ़ ली। चादर हटाई गई, तो नानक वहाँ नहीं थे। केवल ताज़ा फूल बचे थे, जिनको हिन्दुओं ने जलाया और मुसलमानों ने दफ़नाया। गुरु नानक का निधन 7 सितंबर, 1539 ई. को हुआ।

2

गुरु नानक के जीवन में धर्म प्रचार के लिए की गई यात्राओं का, जिनको 'उदासियाँ' कहा जाता है, बहुत महत्त्व है। लगभग 20 वर्षों तक, 1500 से 1520 ई. के दौरान उन्होंने निरंतर देशाटन किया। मध्यकालीन भक्ति आंदोलन के दौरान संत-भक्तों ने देशाटन तो किया, लेकिन इतने दूरस्थ और दुर्गम स्थानों की यात्राएँ केवल गुरु नानक ने कीं। उदासियों के संबंध में भाई गुरुदास की *वाराँ* और जन्म साखियों में जो विवरण मिलता है, वो अलग-अलग तरह का है,

इनमें स्थानों के नामों में भिन्नताएँ हैं और समय भी अलग दिया गया है। *पुरातन जनम साखी* में 'चार बड़ी और एक छोटी', कुल पाँच उदासियों का ज़िक्र मिलता है। उदासियों में गुरु नानक की वेशभूषा यात्रा के क्षेत्र के अनुसार थी। उदासियों के अनुसार उन्होंने दक्षिण भारत की यात्रा के दौरान पैरों में खड़ाऊँ पहनी हुई थीं, उनके सिर पर पगड़ी थी, उन्होंने हाथ में छड़ी ले रखी थी और माथे पर तिलक लगाया हुआ था। उत्तर भारत में यात्रा के दौरान उनका पहनावा अलग था—इस दौरान उन्होंने सिर पर केसर का तिलक लगाया हुआ था, उनके पाँवों में चमड़े की जूतियाँ थीं और उन्होंने माथे पर चमड़े की टोपी पहन रखी थी। मक्का-मदीना की यात्रा के समय, कहते है कि, उन्होंने नीले पहनावे के साथ हाथ में वुज़ू करने के लिए लोटा और बिछाने के लिए मुसल्ला ले रखा था। यात्राओं के दौरान उन्होंने कई साधु-संतों और दरवेशों से भेंट की और उनसे आध्यात्मिक चर्चाएँ कीं। उनकी पहली उदासी संभवतया 1500 ई. से पहले आरंभ हुई और बारह वर्ष तक चली, जिसमें मरदाना उनके साथ थे। पहली उदासी में गुरु नानक सुलतानपुर, सैदपुर (अमीनाबाद—पाकिस्तान) गए। यहाँ वे एक बढ़ई भाई लालो के घर ठहरे। साखियों में यहाँ की एक घटना का उल्लेख मिलता है। कहते हैं कि बढ़ई लालो के घर ठहरने से वहाँ का चौधरी मलिक भागो नाराज़ हो गया। गुरु नानक ने लालो की कोदरे और भागो की घी चुपड़ी रोटियों को निचोड़ कर दिखाया, तो चौधरी भागो की रोटी से खून और लालो की रोटी से दूध टपकने लगा। सैदपुर से गुरु नानक एक ठग शेख़ सज्जन के घर पहुँचे, जो उनसे बहुत प्रभावित हुआ और वह अपने कर्मों का पश्चाताप कर उनका शिष्य हो गया। वहाँ से वे कुरुक्षेत्र और फिर पानीपत गए। कहते हैं पानीपत में उनकी भेंट पीर शेख़ शरफ़ या उनके मुरीद से हुई। गुरु नानक पानीपत से दिल्ली और फिर हरिद्वार गए। साखियों में हरिद्वार की एक घटना का विवरण मिलता है। कहते हैं कि हरिद्वार में कई लोग गंगा नदी के किनारे पूर्वजों के लिए सूर्य को जल दे रहे थे। गुरु नानक ने भी पश्चिम की ओर जल देना आरंभ कर दिया। उनके इस विचित्र व्यवहार के संबंध में लोगों ने जब पूछा, तो उन्होंने बताया कि वे लाहौर के निकट अपने खेतों को पानी दे रहे हैं। लोगों के यह कहने पर कि यह संभव नहीं है, तो उन्होंने उत्तर दिया जब पानी परलोक जा सकता है, तो उनके खेत तो उसकी तुलना में बहुत निकट हैं। यहाँ से गुरु नानक उत्तरप्रदेश की पीलीभीत

के पास स्थित गोरखमता, जिसे अब नानकमता कहा जाता है, गए। कहते हैं कि यहाँ उनको योगमत में दीक्षित करने के प्रयत्न हुए, लेकिन उन्होंने योगियों को समझाया कि सच्चा योग बाह्याचार में नहीं है, यह द्वैत से अद्वैत की ओर अंतरंग यात्रा है। यहाँ से गुरु नानक हिन्दुओं के प्रसिद्ध तीर्थ प्रयागराज और बनारस गए। कहते हैं कि बनारस में उनकी भेंट पंडित चतुरदास से हुई, जिसको अपने ज्ञानी होने का अभिमान था। उसके यह पूछने पर कि वे किस धर्म के अनुयायी हैं, गुरु नानक ने उत्तर दिया कि पूजा-पाठ आदि बाह्याचार व्यर्थ हैं। केवल मनोयोग से किया गया नाम स्मरण ही मुक्ति या ईश्वर प्राप्ति के लिए पर्याप्त है। *पुरातन जनम साखी* के अनुसार गुरु नानक की 54 पोड़ियों वाली लंबी रचना *दखनी ओंकार* यहीं लिखी गयी। यह भी अनुमान किया जाता है कि बनारस में ही उनकी भेंट कबीर (1398–1515 ई.) से भी हुई होगी, लेकिन कुछ विद्वान् इसे असंभव मानते हैं, क्योंकि उस समय तक कबीर का निधन हो चुका था। कबीर पंथियों की धारणा है कि कबीर और गुरु नानक एक दूसरे से परिचित थे। यह माना जाता है कि 1506 ई. के आसपास पूसा में गुरु नानक की भेंट कबीर से हुई थी। जन्म साखियों में उल्लेख है कि इसके बाद वे कौरू देश, जिसका संबंध कामरूप से जोड़ा जाता है, गए। कुछ जन्म साखियों और *चैतन्य भागवत* के अनुसार गुरु नानक पुरी भी गए, जहाँ उनकी भेंट चैतन्यदेव से हुई। कहते हैं कि चैतन्य गुरु नानक के साथ नृत्य-संगीत में भी सम्मिलित हुए। *चैतन्य भागवत* के अनुसार दो भाई रूप और सनातन और जगाई भी इसमें सम्मिलित हुए। पुरी से गुरु नानक बालासोर और इसके गाँव संगत गए। यहाँ से वे तलवंडी आ गए, लेकिन उनकी उदासी जारी रही। यहाँ से वे पाकपट्टन, दयालपुर, कंगनपुर, कसूर, पट्टी, गोइंदवाल, सुलतानपुर, वैरोवाल, जलालाबाद और कड़ी पठान गए। इसके बाद गुरु नानक बटाला, पसरूर, सियालकोट और मिठनकोट होते हुए लाहौर पहुँचे, जो पहली उदासी का अंतिम पड़ाव था।

गुरु नानक की दूसरी उदासी दक्षिण की ओर थी, जिसमें सैदों और घेहो नाम के दो जाट भी उनके साथ थे। कहा जाता है कि गुरु नानक इस यात्रा में धनासरी गए। धनासरी जन्म साखियों में किस क्षेत्र को कहा गया है, यह अभी स्पष्ट नहीं हुआ है। कहते हैं कि यहाँ से वे एक द्वीप में ले जाए गए, जहाँ गर्म तेल के कड़ाह में डालकर उनको मारने का उपक्रम भी हुआ। इसी

उदासी में कहते हैं कि गुरु नानक ने श्रीलंका की यात्रा भी की। मैकलॉड और मैक्कालिफ़ ने इसकी पुष्टि की है। गुरु नानक पश्चिमी भारतीय तट के सहारे लौट आए और इस तरह उनकी दूसरी उदासी ख़त्म हो गयी। *मेहरबान की साखी* में अलग से उल्लेख है कि गुरु नानक इस दौरान उज्जैन, विंध्याचल पर्वत, नर्मदा और बीकानेर भी गए। उनके बीकानेर जाने का उल्लेख दूसरी साखियों में भी मिलता है। गुरु नानक की तीसरी उदासी उत्तर की ओर थी, जिसमें हस्सू लोहार और सींहा छीपा उनके साथ थे और इसका पहला पड़ाव ज़िला गुरुदासपुर का अचल बटाला था। यहाँ योगियों के साथ उनका लंबा विचार-विमर्श हुआ और उनकी रचना *सिध गोस्ट* यहीं हुई। *पुरातन जनम साखी* के अनुसार वे यहाँ से कश्मीर गए और श्रीनगर में कुछ समय रुकने के बाद यहाँ से वे लद्दाख और तिब्बत गए। लद्दाख में उनकी यात्रा के स्थल को अब 'पत्थर साहिब' कहते हैं। इसी दौरान उनके सुमेरु पर्वत पर जाने का उल्लेख भी आता है, लेकिन विद्वान् इस तरह के किसी स्थान का अस्तित्व संदिग्ध मानते हैं। भाई गुरुदास ने *वारों* में उनके सुमेरु पर्वत जाने की पुष्टि की है। वे कहते हैं कि—''बाबे डिठी पिरथमी नवै खंड जिथै तक आही॥ फिर जा चढ़े सुमेर पर सिध मंडली द्रिशटी आई॥''

गुरु नानक की चौथी उदासी हसन अब्दाल (अटक, पाकिस्तान) से आरंभ हुई। कहते हैं कि हसन अब्दाल में एक क्रोधी मुसलमान फ़कीर द्वारा नीचे धकेल दी गई चट्टान को उन्होंने अपने हाथ से रोक दिया, जिससे उस पर उनके पंजे का निशान बन गया। यह जगह अब 'पंजा साहिब' के नाम से विख्यात है। यहाँ से गुरु नानक अरब देशों की यात्रा पर गए। भाई गुरुदास ने उनके बग़दाद, मक्का और मदीना जाने का उल्लेख किया है। उन्होंने लिखा है कि—''बाबा फिर मक्के गया नील बसत्र धारे बनवारी॥ आसा हत्थ किताब कच्छ कूजा बांग मुसल्ला धारी॥'' अब उनकी इन यात्राओं से संबंधित साक्ष्य मिल गए हैं। मैक्कालिफ़ ने भी इन यात्राओं की पुष्टि की है। बग़दाद की उनकी यात्रा के संबंध में दो शिलालेख मिले हैं। पहले शिलालेख में उल्लेख है कि ''गुरु अर्थात् संत-सतगुरु बाबा नानक फ़कीर औलिया की याद में भवन सात दरवेशों की मदद से दुबारा बनाया गया। बख़्शे हुए मुरीद ने रहमत का चश्मा बहा दिया है—वर्ष 927 हिजरी (1520–21 ई.)।'' दूसरा शिलालेख बग़दाद के बाहर एक मकबरे पर है। इसमें उल्लेख है कि—''यहाँ हिन्दू गुरु नानक ने

ज़कीर बहलोल को अपने वचन सुनाए और इन आठ सख़्त सर्दियों में जब से गुरु ईरान से गया, बहलोल की आत्मा ने गुरु के शबद पर इस तरह विश्राम किया है, जिस तरह शहद की मक्खी, उषा की लाली से प्रकाशित शहद से भरे गुलाब पर बैठती है।'' अपनी पहली *वार* में भाई गुरुदास ने मक्का की उनकी यात्रा की एक घटना का वृत्तांत दिया है। कहते हैं कि रात्रि में सोते समय गुरु नानक के पैर मेहराब की तरफ़ थे, तो जीवन या रुकनदीन ने इस पर आपत्ति करते हुए कहा कि काबा की तरफ़ पाँव करके सोना कुफ़्र है। कहते हैं कि गुरु नानक ने उससे कहा कि जिधर ईश्वर या रब का घर नहीं है वह उनके पाँव उधर कर दे। कहा जाता है कि जिधर भी गुरु नानक के पाँव किए गए काबा उधर हो गया। मक्का-मदीना की इस यात्रा के बाद गुरु नानक करतारपुर लौट आए और यात्री का वेश उतार दिया। बाबर ने जब 1520 ई. में सैदपुर (ऐमनाबाद) को लूटा, तो गुरु नानक वहाँ मौजूद थे। *आदिग्रंथ* में सम्मिलित बाबर वाणी में इस लूटपाट पर नानक की व्यथा का उल्लेख आता है।

3

गुरु नानक के धार्मिक विचार, शिक्षाएँ और जीवन पद्धति बहुत सुस्पष्ट हैं, जो इन्हें प्रचलित पंथों-धर्मों से कुछ हद तक अलग और ख़ास बनाती हैं। ये विचार और जीवन पद्धति उन्होंने सत्संग, देशाटन, अनुभव और अभ्यास से विकसित की। उनके सामने हिन्दू और इस्लाम की परंपराएँ और इनके विश्वास थे। उन्होंने इन दोनों से लिया और उसमें अपने अनुभव को जोड़कर एक नये धर्म और पंथ की बुनियाद रखी। परमात्मा की एकता का विचार गुरु नानक की वाणी में सर्वोपरि है और इस संबंध में उन्हें कोई दूसरा विकल्प या आग्रह स्वीकार्य नहीं है। एक ईश्वर की धारणा उनकी वाणी में अंतर्वर्ती धारा की तरह निरंतर है और वे इसे कई तरह से दोहराते हैं। उनके यहाँ यह एक ईश्वर स्वयं पूर्ण और निरपेक्ष है। *जपुजी* उनके इस विश्वास की बहुत गूढ़ और चरम अभिव्यक्ति है। *जपुजी* में आरंभ में ही वे कहते हैं कि—''आदि सचु, जुगादि सचु। है भी सचु नानक होसी भी सचु॥'' अर्थात् हे नानक! परमात्मा आदि में सत्य रूप में स्थित था, युगों के आरंभ में वही सत्य था और वर्तमान में वही सत्य है और भविष्य में भी वही सत्य रहेगा। एक अन्य स्थान पर वे फिर कहते हैं कि—''साचा निरंकारु निज थाई॥ सुणि-सुणि आखणु आखणा

जे भाव करे तमाई॥'' अर्थात् सदा कायम रहनेवाला निराकार परमात्मा अपने आप में स्थित है। हम जीव एक-दूसरे को सुन-सुनकर ही उसका वर्णन करते हैं, पर उसकी महिमा अपार है। अगर वह चाहे, तो जीव के भीतर उमंग पैदा कर सकता है। गुरु नानक के यहाँ इस एक ईश्वर के प्रति एकांत समर्पण और प्रेम है। प्रपत्ति उनका यह भाव उनकी वाणी में बहुत गहरा और निरंतर है। एक जगह वे लिखते हैं कि—''आप करे सचु अलरव अपारु॥ हउ पापी तूं बखसणहारु॥ तेरा भाणा सभु किछु होवै॥ मनमहि कीचै अंति विगोवै॥'' अर्थात् सदैव अस्तित्वमान, अलक्ष्य और असीम परमात्मा स्वयं कर्ता है। मैं अपराधी हूँ, फिर भी वह दाता है। जगत में वही होता है, जो उसे अच्छा लगता है। यह भूलकर मनुष्य अपनी बुद्धि का प्रयोग करता है और दुःखी होता है। एक अन्य स्थान पर वे फिर कहते हैं कि—''तू एवडु दाता देवणहार॥ तोटि नाहिं तुधु भगति भंडार॥ कीआ गरब न आवै रासि॥ जीउ पिंडु सभु तैरै पासि॥ अर्थात् हे प्रभु! तू इतना बड़ा देनेवाला है और तेरे ख़जाने में कोई कमी नहीं है। अपने अच्छे आचरण पर अहंकार से कुछ अच्छा नहीं होता। मनुष्य की आत्मा और शरीर तेरे अधीन है। प्रभु वियोग नानक को असह्य है। अपने एक सबद के आरंभ में वे कहते हैं कि—''धि्रगु जीवणु दोहगणी मुठि दूजै भाइ॥ कलर केरी कंध जीउ अहनिसि किरि ढहि पाइ॥'' अर्थात् हे प्रभु से वियुक्त अभागी स्त्री! तेरा जीवन धिक्कार योग्य है, जो तू दूसरे के प्रेम में ठगी रहती है। जैसे नमक मिली मिट्टी की दीवार धीरे-धीरे झरकर नष्ट हो जाती है, वैसे ही उसका आत्मिक जीवन क्षय हो जाता है।

सतगुरु की महिमा गुरु नानक के यहाँ अनंत है—वह उनके लिए ईश्वर के समकक्ष है। उन्होंने एक सबद में लिखा है कि—''गुरु परसादी पाइआ जाइ॥ हरि सिउ चितु लागै फिरी कालु न खाइ॥'' अर्थात् परमात्मा का स्मरण गुरु की कृपा से प्राप्त होता है और जिस मनुष्य का चित्त परमात्मा में लग जाता है, उसे मृत्यु का भय नहीं लगता। सतगुरु की महिमा उनकी वाणी में निरंतर है। अपने एक सबद में उन्होंने लिखा कि—''सतिगुरु मिलै सु मरणु दिखाए॥ मरण रहण रसु अंतरि भाए॥ गरबु निवारि गगन पुरु पाए॥ मरणु लिखाइ आए नही रहणा॥ हरि जपि जापि रहणु हरि सरणा॥ सतिगुरु मिलै त दुबिधा भागै॥ कमलु बिगसि मनु हरि प्रभ लागै॥ जीवतु मरै महा रसु आगै॥ सतिगुरि मिलिऐ सच संजमि सूचा॥ गुर की पउड़ी ऊचो ऊचा॥ करमि मिलै

जम का भउ मूचा॥ गुरि मिलिऐ मिलि अंकि समाइआ॥ करि किरपा घरु महलु दिखाइआ॥ नानक हउमै मारि मिलाइआ॥'' अर्थात् जिस मनुष्य को गुरु मिल जाता है, उसे वह मृत्यु दिखा देता है। मौत का आनंद उस मनुष्य को अपने हृदय में प्रिय लगने लगता है। वह मनुष्य अहंकार दूर करके आत्मिक अवस्था प्राप्त कर लेता है, तो उसकी इच्छ ऊँची उड़ने लगती है। अगर सतगुरु मिल जाए, तो मनुष्य की दुविधा दूर हो जाती है। हृदय का कमल फूल खिल कर उसका मन प्रभु के चरणों में जुड़ा रहता है। मनुष्य दुनिया के कृत्य करता हुआ भी माया के मोह से ऊँचा रहता है। उसे प्रत्यक्ष तौर पर परमात्मा के स्मरण का महा आनंद अनुभव होता है। अगर गुरु मिल जाए, तो मनुष्य नाम जपने की युक्ति में रहकर पवित्र आत्मा बन जाता है। गुरु की बताई हुई सीढ़ी के सहारे ऊँचा ही ऊँचा होता जाता है। मौत का डर उतर जाता है। अगर गुरु मिल जाए, तो मनुष्य प्रभु की याद में जुड़कर प्रभु के चरणों में लीन हुआ रहता है। गुरु कृपा करके उसे वह आत्मिक अवस्था दिखा देता है, जहाँ प्रभु का मिलाप होता है। हे नानक! उस मनुष्य के अहम् को दूर करके गुरु उसको प्रभु से एकात्म कर देता है।

हिन्दू और मुस्लिम, दोनों प्रकार के धार्मिक बाह्याचारों की गुरु नानक ने निंदा की है। उनके अनुसार बाह्याचार निरर्थक हैं और परमात्मा से संयोग में बहुत बड़ी बाधा हैं। वे पंडित को संबोधित करते हुए कहते हैं कि—''काइआ ब्रहमा मनु है धोती॥ गिआनु जनेऊ धिआनु कुसपाती॥ हरि नामा जसु जाचउ नाउ॥ गुर परसादी ब्रहमि समाउ॥ पांडे ऐसा ब्रहम बीचारु॥ नामे सुचि नामो पढ़उ नामे चजु आचारु॥ बाहरि जनेऊ जिचरु जोति है नालि॥ धोती टिका नामु समालि॥ ऐथै ओथै निबही नालि॥ विणु नावै होरि करम न भालि॥'' अर्थात् हे पंडित! परमात्मा के नाम में ही स्वच्छता है, मैं तो परमात्मा का नाम स्मरण करता हूँ। प्रभु के नाम में ही सारी धार्मिक रस्में आ जाती हैं। तू भी इसी तरह परमात्मा के गुणों की विचार कर। मानव शरीर ही ब्राह्मण है, मन इस ब्राह्मण की धोती है, परमात्मा के साथ गहरी जान-पहचान जनेऊ है और प्रभु चरणों में जुड़ी हुई तवज्जो दूब का छल्ला है। मैं तो परमात्मा के नाम की दक्षिणा माँगता हूँ, महिमा ही मांगता हूँ, जिससे गुरु की कृपा से नाम स्मरण करके परमात्मा में लीन रहूँ। हे पंडित! बाहरी जनेऊ तब तक ही है जब तक ज्योति शरीर में मौजूद है। प्रभु का नाम हृदय में सँभाल—यही धोती है और यही

तिलक है। ये नाम ही लोक-परलोक में साथ निभाता है। हे पंडित! नाम का विस्मरण करके धर्म के नाम पर और ही रस्में मत तलाश। मुस्लिम बाह्याचारों के प्रति गुरु नानक का नज़रिया वही है, जो हिन्दू बाह्याचारों के प्रति है। उन्होंने अपने एक सबद में दोनों ही प्रकार के बाह्याचारों की निरर्थकता की ओर ध्यान आकृष्ट किया है। वे अपने एक सबद में कहते हैं कि—''देवतिआ दरसन कै ताई दूख भूख तीर्थ कीए॥ जोगी जती जुगति महि रहते करि करि भगवे भेख भए॥ तउ कारणि साहिबा रंगि रते॥ तेरे नाम अनेका रूप अनंता कहणु न जाही तेरे गुण केते॥ दर घर महला हसती घोड़े छोडि विलाइति देस गए॥ पीर पेकांबर सालिक सादिक छोडी दुनीआ थाइ पए॥ साद सहज सुख रस कस तजीअले कापड़ छोडे चमड़ लीए॥ दुखीए दरदवंद दरि तेरै नामि रते दरवेस भए॥ खलड़ी खपरी लकड़ी चमड़ी सिखा सूतु धोती कीन्ही॥ तूं साहिबु हउ सांगी तेरा प्रणवै नानकु जाति कैसी॥'' अर्थात् हे प्रभु! तुझसे मिलने के लिए अनेक ही लोग तेरे प्रेम में रंगे रहते हैं। तेरे अनेक नाम हैं, तेरे अनंत रूप हैं, तेरे अनंत ही गुण हैं, जो किसी भी तरह बयान नहीं किए जा सकते। देवताओं ने भी तेरा दर्शन करने के लिए अनेक दु:ख सहे, भूख बर्दाश्त की और तीर्थाटन किया। अनेक जोगी और जती मर्यादा में रहते हुए गेरूए रंग के कपड़े पहनते रहे। तेरे दर्शनों के निमित्त अपने महल, घर-दरवाज़े, हाथी-घोड़े और देश-वतन छोड़ कर चले गए। अनेक पीर-पैग़ंबरों-ज्ञानवानों और सिदकियों ने तेरे दर पर अपनी स्वीकृति के लिए दुनिया छोड़ दी। अनेक लोगों ने दुनिया के स्वाद, सुख, आराम और सब रसों के पदार्थ छोड़ दिए, कपड़े छोड़ के चमड़ा पहना। अनेक लोग दुखियों की तरह तेरे दर पर फ़रियाद करने के लिए तेरे नाम में रंगे रहने के लिए फ़कीर हो गए। किसी ने भाँग आदि डालने के लिए चमड़े की झोली ले ली, किसी ने खप्पर पकड़ लिया, कोई डंडाधारी संन्यासी बना, किसी ने मृगछाला ले ली, किसी ने चोटी-जनेऊ और धोती धारण की। पर, नानक बिनती करता है कि हे प्रभु! तू मेरा मालिक है, मैं सिर्फ़ तेरा संगी हूँ। किसी ख़ास श्रेणी में होने का मुझे कोई अभिमान नहीं है।

नाम स्मरण की महिमा गुरु नानक के यहाँ बहुत है। नाम उनके अनुसार उद्धार या मुक्ति का साधन है—यह बात उन्होंने कई तरह से कही है। उनकी *जपुजी* सहित अधिकांश रचनाओं में नाम की महिमा का वर्णन है। अपने एक सबद में उन्होंने कहा है कि—''सुणी सुणी बूझै नाउ॥ ता कै सद बलिहारै

जाउ॥ आप भुलाए ठउर न ठाउ॥ तूं समझावहि मेलि मिलाउ॥'' अर्थात् जो मनुष्य सुन-सुनकर उसको विचारता-समझता है और यह विश्वास कर लेता है कि परमात्मा का नाम ही असल व्यापार है, मैं उस पर बलिहारी जाता हूँ। वे अपने नाम स्मरण के अनुभव का बयान भी करते हैं। उन्होंने एक जगह इस संबंध लिखा है कि—''आखा जीवा विसरै मरि जाउ॥ आखणी अउखा साचा नाउ॥ साचे नाम की लागे भूख॥ उत भूखै खाई चलिअहि दूख॥'' अर्थात् जैसे-जैसे मैं परमात्मा का नाम स्मरण करता हूँ, वैसे-वैसे मेरे भीतर आत्मिक जीवन उत्पन्न होता है, लेकिन जब सदैव अस्तित्वमान का प्रभु विस्मरण करता हूँ, तो मेरी आत्मिक मृत्यु हो जाती है। जिस मनुष्य के भीतर नाम की भूख पैदा होती है, उसके तमाम दुःख दूर हो जाते हैं। वे अहर्निश नाम स्मरण का आग्रह करते हैं। अपने एक सबद में उन्होंने कहा है कि—''खाणा पीणा हसणा सउणा विसरि गइआ है मरणा॥ खसमु विसारि खुआरी कीनी धिगु जीवणु नही रहणा॥ प्राणी एको नामु धिआवहु॥ अपनी पति सेती घरि जावहु॥ तुधनो सेवहिवतुझु किआ देवहि मांगहि लेवहि रहहि नही॥ तू दाता जीआ सभना का जीआ अंदरि जीउ तुही॥ गुरमुखि धिआवहि सि अमृतु पावहि सेई सूचे होही॥ अहिनिसि नामु जपहु रे प्राणी मैले हछे होही॥ जेही रुति काइआ सुखु तेहा तेहो जेही देही॥ नानक रुति सुहावी साई बिनु नावै रुति केही॥'' अर्थात् हे प्राणी! एक परमात्मा का ही नाम स्मरण कर। तू आदर-सम्मान सहित प्रभु के चरणों में पहुँचेगा। सिर्फ़ खाने, पीने, हँसने, सोने के व्यवहार में रहने से मृत्यु भूल जाती है। प्रभु का विस्मरण करके जीव वह कार्य करता रहता है, जो उसके दुःख का कारण बनता है। जीवन धिक्कार योग्य हो जाता है। यहाँ सदैव किसी को नहीं रहना है। हे प्रभु! जो लोग तुझे स्मरण करते हैं वे तुझे कुछ भी नहीं दे सकते, बल्कि वे तुमसे माँगते हैं, और तुमसे नित्य कृपाएँ लेते ही रहते हैं, तेरे दर से माँगे बिना नहीं रह सकते। तू सारे जीवों पर कृपा करने वाला है, जीवों के शरीरों में जीव भी तू ख़ुद ही है। जो लोग गुरु की शरण में पड़कर नाम जपते हैं, वे नाम अमृत प्राप्त करते हैं, वही सदाचारी जीवन वाले बन जाते हैं। हे प्राणी! दिन-रात परमात्मा का नाम स्मरण कर। बुरे आचरण वाले लोग भी नाम जप कर अच्छे बन जाते हैं। हे नानक! मनुष्य के लिए वही ऋतु अच्छी है जब वह नाम स्मरण करता है। नाम स्मरण के बिना ऋतु उसको लाभ नहीं दे सकती।

माया और मन को लेकर गुरु नानक का नज़रिया और संतों जैसा ही है, लेकिन वे इस संबंध में उनसे कुछ अधिक निर्मम हैं। गुरु नानक के लिए मन और माया अभेद है—मन का विस्तार या मन की लीला ही उनके लिए माया है। यह उनके अनुसार बहुत व्यापक और घातक है। उन्होंने एक जगह कहा है कि—''मनु माइआ मनु धाइआ मनु पंखी आकासि॥ तसकर सबदि निवारिआ नगरु बूठा साबासि॥ जा तू राखहिं राखि लेहि साबतु होवे रासि॥'' अर्थात् हे प्रभु! तेरे नाम से वंचित मेरा मन माया के पीछे दौड़ता है। पक्षी जैसे आकाश में रहता है, नगर सूना पड़ा रहता है और कामादिक यहाँ लूटपाट करते हैं। माया के नाशवान होने की बात गुरु नानक ने बार-बार दोहरायी और उससे बचकर रहने की चेतावनी दी है। एक जगह वे कहते हैं कि—''धनु जोबनु और फुलड़ा नाठि अड़े दिन चार॥ पबाणी केरे पत जिउ ढलि ढुलि जुमणहार॥'' अर्थात् धन, यौवन और फूल—ये चार दिन के मेहमान हैं। जैसे वनस्पति पानी के अभाव में सूखकर नष्ट हो जाती है, ये भी उसी तरह ख़त्म हो जाते हैं। गुरु नानक मन पर नियंत्रण का आग्रह करते हैं, क्योंकि माया का मोह बहुत दुर्निवार है। अपने एक सबद में उन्होंने कहा है कि—''मनु हाली किरसाणी करणी सरमु पाणी तनु खेतु॥ नामु बीजु संतोखु सुहागा रखु गरीबी वेसु॥ भाउ करम करि जमसी से घर भागठ देखु॥ बाबा माइआ साथि न होइ॥ इनि माइआ जगु मोहिआ विरला बूझै कोइ॥ हाणु हटु करि आरजा सचु नामु करि वथु॥ सुरति सोच करि भांडसाल तिसु विचि तिस नो रखु॥ वणजारिआ सिउ वणजु करि लै लाहा मन हसु॥'' अर्थात् हे भाई! मन को किसान बना, ऊँचे आचरण को खेती समझ, मेहनत पानी है और शरीर ज़मीन है। परमात्मा का नाम बीज, संतोष सुहागा और सादा जीवन रखवाला है। हे भाई! ऐसी किसानी करने से शरीर रूपी भूमि में परमात्मा की कृपा से प्रेम पैदा होगा। ऐसी खेती से हृदय धनवान हो गए हैं।

4

गुरु नानक धर्म प्रवर्तक और साधक होने के साथ उच्च कोटि के कवि भी हैं। उनकी अपार लोकप्रियता का कारण उनकी असाधारण कविता भी है। खुशवंत सिंह ने इस संबंध में बहुत सही लिखा है कि—''नानक की कविता उनकी अपार लोकप्रियता का मुख्य कारण है।'' कविता गुरु नानक की वाणी में

अनायास है—उनके गूढ़ आध्यात्मिक अनुभव अपने लिए वाणी लेकर प्रकट होते हैं। परमात्मा के अनिर्वचनीय होने के अनुभव को उन्होंने बहुत सरल ढंग से कई स्थानों पर व्यक्त किया है। वे कहते हैं कि—''बहुता करमा लिखिआ न जाइ॥ वड़ा दाता तिलु न समाइ॥ केते मंगहि जोध अपार॥ केतिआ गणत नहीं विचारू॥'' अर्थात् परमात्मा बहुत देने वाला है, उसे तिल मात्र भी लालच नहीं है। उसका दान इतना बड़ा है कि उसकी गणना नहीं हो सकती। गुरु नानक की वाणी में शब्द सजगता अनायास है। शब्दों का काव्यात्मक व्यवहार उनके स्वभाव में है। एक जगह उन्होंने शब्द 'अमुल' का उपयोग बहुत ही अर्थ व्यंजक ढंग से किया है। वे कहते हैं कि—''अमुल गुण अमुल वापार॥ अमुल वापारिए अमुल भंडार॥ अमुल आवहि अमुल लै जाहि॥ अमुल माइ अमुल समाइ॥'' अर्थात् परमात्मा के गुण अमूल्य हैं, इन गुणों का व्यापार अमूल्य है। वे मनुष्यों से जो उसके गुणों का व्यवहार करते हैं, अमूल्य हैं। जो उस परमात्मा में लीन हुए हैं, वे भी अमूल्य हैं। यह एक उदाहरण मात्र है, अन्यथा उनकी कविता में इस तरह के प्रयोगों की भरमार हैं। गुरु नानक की अभिव्यक्ति की रेंज बहुत बड़ी है—यह उनकी कविता की दुर्लभ विशेषता है। वे जब चाहें 'कोमल व्यंग्य' को 'उल्लासपूर्ण स्तुति' में बदल देते हैं। उनकी कविता का व्यंग्य बाह्याचारों के यथार्थ को खोलकर हमारे सामने रख देता है।

गुरु नानक की कविता पंजाब की कविता है—पंजाबियत उसमें कूट-कूटकर भरी है। पंजाब की प्रकृति, ऋतुएँ, वनस्पतियाँ, पशु-पक्षी सब उनकी कविता के हिस्से हैं। *बारहमाह* उनकी इस दृष्टि से असाधारण रचना है। पंजाब के भाद्रपद माह का उनका ऋतु वर्णन बहुत सरस और मार्मिक है। वे कहते हैं—

भादउ भरमि भुली भरि जोबनि पछुताणी॥

जल थल नीरि भरे बरस रुते रंगु माणी॥

बरसै निसि काली किउ सुखु बाली दादर मोर लवंते॥

प्रिउ प्रिउ चवै बबीहा बोले भुइअंगम फिरहि डसंते॥

मछर डंग साइर भर सुभर बिनु हरि किउ सुखु पाईऐ॥

नानक पूछि चलउ गुर अपुने जह प्रभु तह ही जाईऐ॥

अर्थात् भादों का महीना आ गया है। वर्षा ऋतु में खड्डु-गड्ढे पानी से भरे हुए हैं, इसका आनंद लिया जा सकता है, लेकिन जो जीव स्त्री पूर्ण यौवन में ग़लती कर गई, वह वियोग में दुःखी है। काली स्याह रात में बरसात होती है,

मेंढ़क टर-टर करते हैं, मोर कूकते हैं, पपीहा भी 'पिउ पिउ' करता है, पर पति से बिछुड़ी नारी को इससे आनंद नहीं मिलता। उसको तो साँप डसते हैं, मच्छर डंक मारते हैं। चारों तरफ़ छप्पर-तालाब पूरे भरे हुए हैं, लेकिन परमात्मा के बिना उसको आत्मिक आनंद नहीं मिलता। हे नानक! मैं तो अपने गुरु की शिक्षा के मार्ग पर चल चलूँगी, जहाँ प्रभु-पति मिल सकता हो, वहीं जाऊँगी। 'पहरे' में भी उनका पहले प्रहर का वर्णन बहुत सजीव है। वे कहते हैं कि—

पहिलै पहरै नैण सलोनड़ीए रैणि अंधिआरी राम॥

वखरु राखु मुईए आवै वारी राम॥

वारी आवै कवणु जगावै सूती जम रसु चूसए॥

रैणि अंधेरी किआ पति तेरी चोरु पड़ै घरु मूसए॥

राखणहारा अगम अपारा सुणि बेनंती मेरीआ॥

नानक मूरखु कबहि न चेतै किआ सूझै रैणि अंधेरीआ॥

अर्थात् हे सलोने नैनों वाली! तुझे सुंदर ज्ञान नेत्र मिले थे, पर रात के पहले हिस्से में ही तू अँधेरी रात बनी हुई है। हे स्त्री! अपना सौदा सँभाल कर रख। जो भी स्त्री यहाँ आती है, उसके यहाँ से चले जाने की बारी आ जाती है। पर, जो स्त्री बेपरवाह हुई रहती है, ऐसी स्त्री को जगाए भी कौन? हे सुंदर नैनों वाली! अगर अँधेरी रात ही बनी रही, तो लोक-परलोक में तुझे इज़्ज़त नहीं मिलेगी। चोर सेंध लगाए रखता है और घर लूट लेता है। हे नानक! हे रक्षा करने वाले प्रभु! हे अगम्य प्रभु! हे सीमातीत प्रभु! मेरी बिनती सुन। हे नानक! मूर्ख मनुष्य कभी भी परमात्मा को याद नहीं करता। अँधेरी रात में उसको सही रास्ता सूझता ही नहीं है।

गुरु नानक की वाणी *आदिग्रंथ* में महला एक में 2949 बंधों में संकलित है। *आदिग्रंथ* का संकलन सिक्खों के पाँचवे गुरु अर्जुनदेव ने 1604 ई. किया और ज़ाहिर है इसके बाद गुरु नानक की वाणी में कोई संशोधन-संवर्धन नहीं हुआ। *आदिग्रंथ* में 31 रागों को प्रयोग हुआ है, जिनमें से नानक की वाणी में 19 रागों—सिरी, गउड़ी, माझ, आसा, गूजरी, वडहंसु, सोरठि, धनासरी, तिलंगु, सूही, बिलावलु, रामकली, मारू, तुखारी, भैरउ, बसंतु, सारंगु, मलार और प्रभाती का प्रयोग गुरु नानक की वाणी में मिलता है। उनकी वाणी में कहीं-कहीं मिश्रित रागों का प्रयोग भी है। उनकी यह वाणी सबद, असटपदी, छंत और वारों के रूप में है। गुरु नानक की कुछ ख़ास रचनाएँ—*जपुजी, पहरे,*

बारहमाह, पट्टी, अलाहणिया, आरती, कुचज्जी, सुचज्जी, थिति, ओअंकारू, सिध गोस्ट, सोलहे आदि के नामों से भी प्रसिद्ध हैं।

गुरु नानक असाधारण संत थे। उनकी महिमा और लोकप्रियता का वर्णन भाई गुरुदास ने *वारों* में करते हुए सही लिखा है कि—''सतिगुर नानक प्रगट्या मिटी धुंध जग चानन होआ॥ ज्युं कर सूरज निकल्या तारे छपे अंधेर पलोआ॥ सिंघ बुके मिरगावली भन्नी जाए न धीर धरोआ॥ जिथै बाबा पैर धरै पूजा आसन थापन सोआ॥ सिध आसन सभ जगत दे नानक आद मते जे कोआ॥ घर घर अन्दर धरमसाल होवै कीरतन सदा विसोआ॥ बाबे तारे चार चक नौ खंड प्रिथमी सचा ढोआ॥ गुरमुख कलि विच परगट होआ॥'' अर्थात् नानक के प्रकट होते ही संसार से धुंध मिट गयी और उजाला हो गया। जैसे सूरज निकलते ही तारे छिप जाते हैं और अँधेरा छँट जाता है। जैसे सिंह जब गर्जना करता है, तो हिरणों का झुंड अधीर होकर भाग जाता है। जहाँ भी बाबा ने पैर रखे, वहाँ पूजा का आसन हो गया। सिद्ध आसन देकर जगत ने उनका आदर किया। उनके प्रभाव से घर-घर धर्मशाला हो गई और उनमें कीर्तन होने लगा। बाबा ने चार चक और नौ खंडों का उद्धार किया और पृथ्वी पर सच का भार वहन किया। इस तरह कलियुग में गुरुवाणी प्रकट हुई।

गुरु नानक की जीवन यात्रा के मोड़-पड़ाव बहुत साफ़ और स्पष्ट हैं। जन्म साखियों सहित दूसरी देशज रचनाओं में इस संबंध में पर्याप्त सामग्री है। जॉन मैलकम (1769 –1833 ई.) की यह धारणा कि इन साखियों को 'आधे अनपढ़ लोगों ने पूरे अनपढ़ लोगों के लाभ के लिए लिखी' देशज भारतीय मनीषा के प्रति एक औपनिवेशक दुराग्रह मात्र है और इसमें कोई सच्चाई नहीं है। जन्म साखियाँ पश्चिमी अर्थ में 'इतिहास' या 'जीवनियाँ' नहीं हैं, लेकिन ये हमारे अपने लोगों की भाषा में उनका अपना सांस्कृतिक इतिहास है। ये रचनाएँ अपने ढंग से गुरु नानक ने जो कुछ किया और कहा, उसकी स्मृति को सदियों से सुरक्षित रखे हुए हैं। यह उनके अनुयाइयों में भक्ति की भावना जाग्रत कर उनको पंथ के मार्ग पर चलने के लिए प्रेरित करती हैं। गुरु नानक की वाणी केवल अपने समय के लोकप्रिय 'संतों की वाणी का संश्लेषण' या 'समन्वय' नहीं है, जैसा कि कुछ विद्वान मानते हैं। गुरु नानक की वाणी में उनका अपना और मौलिक भी बहुत है। ख़ासतौर पर ईश्वर की प्रकृति का, जो वर्णन उन्होंने किया है, वैसा सूक्ष्म और विस्तृत वर्णन और किसी मध्यकालीन

संत के यहाँ नहीं मिलता। गुरु नानक की वाणी का सबसे उल्लेखनीय पहलू यह है कि यह केवल विचार नहीं है। यह उनके समय और बाद में जिस तरह लाखों लोगों के व्यवहार में आयी और इसने जिस तरह लोगों की जीवन पद्धति को बदल दिया, यह आश्चर्यकारी है। उन्होंने अपनी वाणी और शिक्षा को सांस्थानिक रूप देकर सामाजिक गतिशीलता को भी बढ़ावा दिया। मध्यकाल में संतों की वाणियों के कई मत-पंथ अस्तित्व में आए, लेकिन गुरु नानक का प्रवर्तित पंथ इनमें सबसे अलग है। ख़ास बात यह है कि गुरु नानक के बाद भी यह निरंतर और जीवंत रहा। कोई संत आग्रहपूर्वक कभी कवि नहीं होता, कवि होना उसका लक्ष्य भी नहीं होता, लेकिन गुरु नानक का संत अनायास असाधारण कवि भी है। उनकी वाणी उच्च कोटि की कविता भी है।

यहाँ संकलित गुरु नानक की वाणी उनकी रचनाओं का प्रतिनिधि चयन है। *जपुजी* उनकी आध्यात्मिक यात्रा का उत्कर्ष है, इसलिए यह संपूर्ण यहाँ दी गयी है। *बारहमाह, पहरे* और *ओअंकार* भी यहाँ संपूर्ण संकलित हैं। गुरु नानक की शेष रचनाओं में से चयन को यहाँ आठ उप विभागों—सभना दाता एकु तू, तेरा भाणा सभु किछु होवै, साची प्रीति न तुटई, सतिगुर की ऐसी वडिआई, जोगी जुगति न जाणै अंधु, नाइ तेरै तरणा नाइ पति पूज, मनु माइआ मनु धाइआ और धनु जोबनु अरु फुलड़ा में वर्गीकृत किया गया है। *आदिग्रंथ* में संकलित रचनाओं का वर्गीकरण रागों के अनुसार है, इसलिए यहाँ संकलित रचनाओं के साथ उनके राग का नामोल्लेख भी किया गया है। आशा है, भारतीय भाषाओं के इस महान् संत और कवि को समझने-जानने के लिए ये रचनाएँ हिन्दी पाठकों के लिए उपयोगी सिद्ध होंगी।

24 नवम्बर, 2022   **—माधव हाड़ा**

उदयपुर

१ੴ सति नामु करता पुरखु निरभउ निरवैरु
अकाल मूरति अजूनी सैभं गुर प्रसादि॥

जपुजी*

आदि[1] सचु[2] जुगादि[3] सचु॥

है[4] भी सचु नानक होसी[5] भी सचु॥ 1॥

सोचै सोचि न होवई जे सोची लख[6] वार॥

चुपै[7] चुप[8] न होवई जे लाइ रहा लिव तार[9]॥

भुखिआ भुख न उतरी जे बंना पुरीआ[10] भार॥

सहस[11] सिआणपा[12] लख होहि त इक न चलै नालि[13]॥

किव सचिआरा[14] होईऐ किव कूड़ै[15] तुटै पालि[16]॥

हुकमि[17] रजाई[18] चलणा नानक लिखिआ नालि॥ 1॥

हुकमी होवनि आकार[19] हुकमु न कहिआ जाई॥

हुकमी होवनि[20] जीअ हुकमि मिलै वडिआई[21]॥

हुकमी उतमु नीचु हुकमि लिखि दुख सुख पाईअहि[22]॥

इकना हुकमी बखसीस[23] इकि हुकमी सदा भवाईअहि[24]॥

हुकमै अंदरि[25] सभु को बाहरि हुकम न कोइ॥

नानक हुकमै जे बुझै[26] त हउमै[27] कहै न कोइ॥ 2॥

---

* 'जपुजी' *आदिग्रंथ* के आरंभ में संकलित प्रार्थना के स्वरूप में एक आध्यात्मिक रचना है, इसमें 38 पद हैं और अन्त में एक 'सलोकु' (श्लोक) है।

1. आरम्भ 2. सत्य 3. युग का आरम्भ 4. है (वर्तमान) 5. होगा (भविष्य) 6. लाख 7. मौन 8. चुप रहने से 9. एकाग्र चित्त 10. नगरों (इन्द्रादिक पुरियों) 11. हजार 12. सयानापन, चतुराई 13. साथ 14. सच्चा 15. झूठ 16. पाल, दीवार, परदा 17. हुक्म, आदेश 18. रजा, इच्छा 19. सृष्टि की रचनाएँ 20. होते हैं, उत्पन्न होते हैं 21. बड़ाई, यश 22. प्राप्ति होती है, 23. भेंट 24. चक्कर काटते हैं, आवागमन में बँधे रहते हैं 25. अंतर्गत 26. समझता है 27. मैंने किया है, अहंकार

गावै को ताणु होवै किसै ताणु[1] ॥ गावै को दाति[2] जाणै नीसाणु[3] ॥

गावै को गुण वडिआईआ[4] चार[5] ॥ गावै को विदिआ विखमु[6] वीचारु ॥

गावै को साजि[7] करे तनु[8] खेह[9] ॥ गावै को जीअ[10] लै[11] फिरि देह[12] ॥

गावै को जापै दिसै[13] दूरि[14] ॥ गावै को वेखै[15] हादरा[16] हदूरि ॥

कथना कथी न आवै तोटि[17] ॥ कथि कथि कथी कोटि कोटि कोटि ॥

देदा दे लैदे[18] थकि पाहि ॥ जुगा जुगंतरि[19] खाही खाहि ॥

हुकमी हुकमु चलाए राहु ॥ नानक विगसै[20] वेपरवाहु[21] ॥ 3 ॥

साचा साहिबु साचु नाइ[22] भाखिआ[23] भाउ[24] अपारु ॥

आखहि[25] मंगहि देहि देहि[26] दाति करे दातारु[27] ॥

फेरि कि अगै रखीऐ जितु दिसै दरबारु ॥

मुहौ कि बोलणु बोलीऐ जितु सुणि धरे पिआरु[28] ॥

अमृत वेला[29] सचु नाउ वडिआई वीचारु ॥

करमी आवै कपड़ा नदरी[30] मोखु दुआरु ॥

नानक एवै जाणीऐ सभु आपे सचिआरु[31] ॥ 4 ॥

तीरथि नावा[32] जे तिसु[33] भावा विणु भाणे[34] कि नाइ[35] करी ॥

जेती सिरठि[36] उपाई[37] वेखा विणु करमा कि मिलै लई[38] ॥

मति विचि[39] रतन जवाहर माणिक जे इक गुर की सिख सुणी ॥

गुरा इक देहि बुझाई[40] ॥ सभना जीआ का इकु दाता सो मै विसरि न जाई ॥ 5 ॥

---

1. बल, शक्ति 2. दान 3. प्रतीक, चिह्न 4. बड़ाई, यश 5. चारु, सुंदर 6. विषम, कठिन 7. सजाकर रचनाकार 8. शरीर 9. खाक 10. जीवन 11. लेता है 12. देता है 13. दिखाई पड़ता है 14. दूर 15. देखता है 16. सम्मुख, निकट 17. अंत 18. लेते हुए 19. युग-युगांतर 20. विकसित होता है 21. बेपरवाह, निश्चिंत 22. नाम 23. कहा हुआ, कथन 24. भाव 25. कहते हैं 26. दो दो 27. देनेवाला 28. प्यार, प्रेम 29. ब्रह्ममुहूर्त 30. कृपा 31. सत्य 32. स्नान 33. उसको 34. अच्छा लगने 35. स्नान 36. सृष्टि 37. उत्पन्न की 38. ले दे 39. बीच में 40. समझा दी है

थापिआ[1] न जाइ कीता[2] न होइ॥ आपे आपि निरंजनु सोइ॥

जिनि सेविआ[3] तिनि[4] पाइआ मानु[5]॥ नानक गावीऐ गुणी निधानु॥

गावीऐ सुणीऐ मनि रखीऐ भाउ[6]॥ दुखु परहरि[7] सुखु घरि लै जाइ॥

गुरमुखि[8] नादं गुरमुखि वेदं गुरमुखि रहिआ समाई॥

गुरु ईसरु[9] गुरु गोरखु[10] बरमा[11] गुरु पारबती माई॥

जे हउ जाणा आखा[12] नाही कहणा कथनु न जाई॥

गुरा इक देहि बुझाई॥

सभना जीआ का इकु दाता सो मै विसरि[13] न जाई॥ ६ ॥

जे जुग चारे आरजा[14] होर[15] दसूणी[16] होइ॥

नवा खंडा विचि जाणीऐ नालि चलै सभु कोइ॥

चंगा[17] नाउ रखाइ कै जसु कीरति जगि लेइ॥

जे तिसु नदरि[18] न आवई त वात न पुछै के॥

कीटा[19] अंदरि कीटु करि दोसी दोसु धरे॥

नानक निरगुणि गुणु करे गुणवंतिआ[20] गुणु दे॥

तेहा कोइ न सुझई जि तिसु[21] गुणु कोइ करे॥ ७ ॥

सुणिऐ[22] सिध पीर सुरि नाथ[23]॥ सुणिऐ धरति धवल[24] आकास॥

सुणिऐ दीप लोअ[25] पाताल॥ सुणिऐ पोहि[26] न सकैकालु॥

नानक भगता सदा विगासु॥ सुणिऐ दूख पाप का नासु॥ ८ ॥

---

1. स्थापित 2. करना, रचना 3. सेवा की, आराधना की 4. उसने 5. सम्मान 6. भाव 7. छोड़कर
8. गुरु वाणी 9. शिव 10. गोरख 11. ब्रह्मा 12. वर्णन करना 13. विस्मरण 14. आयु 15. और
16. दस गुणा 17. अच्छा 18. दृष्टि, कृपा, अनुग्रह 19. कीड़ा 20. गुणवान 21. उसकी 22. श्रवण
23. इन्द्र 24. वृषभ, बैल 25. लोक 26. स्पर्श

सुणिऐ ईसरु[1] बरमा[2] इंदु[3] ॥ सुणिऐ मुखि सालाहण[4] मंदु[5] ॥
सुणिऐ जोग जुगति तनि भेद[6] ॥ सुणिऐ सासत[7] सिम्रिति[8] वेद ॥
नानक भगता सदा विगासु[9] ॥ सुणिऐ दूख पाप का नासु ॥ 9 ॥

सुणिऐ सतु संतोखु गिआनु[10] ॥ सुणिऐ अठसठि का इसनानु[11] ॥
सुणिऐ पड़ि[12] पड़ि पावहि मानु ॥ सुणिऐ लागै सहजि[13] धिआनु ॥
नानक भगता सदा विगासु ॥ सुणिऐ दूख पाप का नासु ॥ 10 ॥

सुणिऐ सरा गुणा के गाह[14] ॥ सुणिऐ सेख पीर पातिसाह[15] ॥
सुणिऐ अंधे पावहि राहु[16] ॥ सुणिऐ हाथ होवै असगाहु[17] ॥
नानक भगता सदा विगासु ॥ सुणिऐ दूख पाप का नासु ॥ 11 ॥

मंने[18] की गति[19] कही न जाइ ॥ जे को[20] कहै पिछै पछुताइ ॥
कागदि कलम न लिखणहारु[21] ॥ मंने का बहि करनि वीचारु ॥
ऐसा नामु निरंजनु[22] होइ ॥ जे को मंनि जाणै मनि कोइ ॥ 12 ॥

मंनै सुरति[23] होवै मनि[24] बुधि ॥ मंनै सगल[25] भवण[26] की सुधि ॥
मंनै मुहि[27] चोटा[28] ना खाइ ॥ मंनै जम[29] कै साथि न जाइ ॥
ऐसा नामु निरंजनुहोइ ॥ जे को मंनि जाणै मनि कोइ ॥ 13 ॥

---

1. शिव 2. ब्रह्मा 3. इन्द्र 4. सराहना, प्रशंसा 5. मंद बुद्धि 6. रहस्य 7. शास्त्र 8. स्मृति 9. आनंदित
10. ज्ञान 11. स्नान, तीर्थस्नान 12. पढ़ 13. सहजावस्था 14. थाह, गहराई 15. बादशाह 16. राह,
मार्ग 17. थाह 18. मनन 19. अवस्था 20. कोई 21. लिखनेवाला 22. माया रहित परमात्मा
23. तल्लीनता की अवस्था 24. मन 25. समस्त 26. लोक 27. मुँह 28. चोट 29. यम

मंनै मारगि ठाक[1] न पाइ॥ मंनै पति[2] सिउ परगटु[3] जाइ॥
मंनै मगु[4] न चलै पंथु[5]॥ मंनै धरम सेती सनबंधु[6]॥
ऐसा नामु निरंजनु होइ॥ जे को मंनि जाणै मनि कोइ॥ 14॥

मंनै पावहि मोखु[7] दुआरु[8]॥ मंनै परवारै[9] साधारु[10]॥
मंनै तरै तारे गुरु सिख॥ मंनै नानक भवहि न भिख॥
ऐसा नामु निरंजनु होइ॥ जे को मंनि जाणै मनि कोइ॥ 15॥

पंच[11] परवाण[12] पंच प्रधानु॥ पंचे पावहि दरगहि मानु॥
पंचे सोहहि दरि राजानु॥ पंचा का गुरु एकु धिआनु॥
जे को कहै करै वीचारु॥ करते[13] कै करणै नाही सुमारु[14]॥
धौलु[15] धरमु दइआ का पूतु॥ संतोखु थापि रखिआ जिनि सूति[16]॥
जे को बुझै होवै सचिआरु॥ धवलै उपरि केता[17] भारु[18]॥
धरती होरु परै होरु होरु॥ तिस ते भारु तलै कवणु जोरु॥
जीअ[19] जाति रंगा के नाव॥ सभना लिखिआ वुड़ी[20] कलाम[21]॥
एहु लेखा लिखि जाणै कोइ॥ लेखा लिखिआ केता होइ॥
केता ताणु सुआलिहु[22] रूपु॥ केती दाति[23] जाणै कौणु कूतु[24]॥
कीता पसाउ[25] एको कवाउ॥ तिस ते होए लख दरीआउ[26]॥
कुदरति कवण कहा वीचारु॥ वारिआ न जावा एक वार॥
जो तुधु[27] भावै साई भली कार॥ तू सदा सलामति निरंकार॥ 16॥

असंख जप असंख भाउ[1] ॥ असंख पूजा असंख तप ताउ॥

असंख गरंथ[2] मुखि वेद पाठ॥ असंख जोग मनि रहहि उदास॥

असंख भगत गुण गिआन[3] वीचार॥ असंख सती[4] असंख दातार॥

असंख सूर मुह भख सार[5] ॥ असंख मोनि[6] लिव[7] लाइ तार॥

कुदरति[8] कवण कहा वीचारु॥ वारिआ न जावा एक वार॥

जो तुधु भावै साई भली कार॥ तू सदा सलामति निरंकार॥ 17॥

असंख मूरख अंध घोर॥ असंख चोर हरामखोर॥

असंख अमर[9] करि जाहि जोर॥ असंख गलवढ[10] हतिआ कमाहि॥

असंख पापी पापु करि जाहि॥ असंख कूड़िआर[11] कूड़े फिराहि॥

असंख मलेछ मलु[12] भखि खाहि॥ असंख निंदक सिरि करहि भारु॥

नानकु नीचु[13] कहै वीचारु॥ वारिआ[14] न जावा एक वार॥

जो तुधु भावै साई भली कार॥ तू सदा सलामति निरंकार॥ 18॥

असंख नाव असंख थाव[15] ॥ अगम अगम असंख लोअ[16] ॥

असंख कहहि सिरि भारु[17] होइ॥

अखरी नामु अखरी सालाह[18] ॥ अखरी[19] गिआनु गीत गुण गाह॥

अखरी लिखणु बोलणु बाणि॥ अखरा सिरि संजोगु वखाणि॥

जिनि एहि लिखे तिसु सिरि नाहि॥ जिव फुरमाए[20] तिव तिव पाहि॥

जेता कीता तेता नाउ॥ विणु नावै नाही को थाउ॥

कुदरति कवण कहा वीचारु॥ वारिआ न जावा एक वार॥

जो तुधु[21] भावै साई भली कार॥ तू सदा सलामति निरंकार॥ 19॥

भरीऐ हथु पैरु[1] तनु देह॥ पाणी धोतै उतरसु खेह[2]॥

मूत पलीती[3] कपड़ु होइ॥ दे साबूणु लईऐ ओहु[4] धोइ॥

भरीऐ मति पापा कै संगि॥ ओहु धोपै नावै[5] कै रंगि॥

पुंनी[6] पापी आखणु[7] नाहि॥ करि करि करणा[8] लिखि लै जाहु॥

आपे बीजि[9] आपेही खाहु॥ नानक हुकमी आवहु जाहु[10]॥ 20॥

तीरथु[11] तपु दइआ दतु[12] दानु॥ जे को पावै तिल का मानु॥

सुणिआ मंनिआ[13] मनि कीता[14] भाउ॥ अंतरगति तीरथि मलि[15] नाउ[16]॥

सभि गुण तेरे मै नाही कोइ॥ विणु गुण कीते भगति न होइ॥

सुअसति आथि बाणी बरमाउ॥ सति सुहाणु सदा मनि चाउ॥

कवणु सु वेला वखतु कवणु कवण थिति कवणु वारु॥

कवणि सि रुती माहु कवणु जितु होआ आकारु॥

वेल नपाईआ पंडती जि होवै लेखु पुराणु॥

वखतु न पाइओ कादीआ जि लिखनि लेखु कुराणु॥

थिति वारु नाजोगी जाणै रुति माहु ना कोई॥

जा करता सिरठी कउ साजे आपे जाणै सोई॥

किव करि आखा किव सालाही किउ वरनी किव जाणा॥

नानक आखणि सभु को आखै इक दू इकु सिआणा॥

वडा साहिबु वडी नाई कीता जा का होवै॥

नानक जे को आपौ जाणै अगै गइआ न सोहै॥ 21॥

पाताला पाताल लख आगासा आगास[1] ॥
ओड़क[2] ओड़क भालि थके वेद कहनि इक वात ॥
सहस अठारह कहनि कतेबा[3] असुलू[4] इकु धातु ॥
लेखा होइ त लिखीऐ लेखै होइ विणासु[5] ॥
नानक वडा[6] आखीऐ आपे जाणै आपु ॥ 22 ॥

सालाही[7] सालाहि एती सुरति[8] न पाईआ ॥
नदीआ अतै वाह पवहि समुंदि[9] न जाणीअहि ॥
समुंद साह सुलतान गिरहा[10] सेती मालु[11] धनु ॥
कीड़ी[12] तुलि[13] न होवनी जे तिसु मनहु न वीसरहि[14] ॥ 23 ॥

अंतु न सिफती[15] कहणि[16] न अंतु ॥ अंतु न करणै देणि[17] न अंतु ॥
अंतु न वेखणि[18] सुणणि[19] न अंतु ॥ अंतु न जापै किआ मनि मंतु[20] ॥
अंतु न जापै कीता आकारु ॥ अंतु न जापै पारावारु[21] ॥
अंत कारणि केते बिललहि[22] ॥ ता के अंत न पाए जाहि ॥
एहु अंतु न जाणै कोइ ॥ बहुता कहीऐ बहुता होइ ॥
वडा[23] साहिबु ऊचा थाउ[24] ॥ ऊचे उपरि ऊचा नाउ[25] ॥
एवडु[26] ऊचा होवै कोइ ॥ तिसु ऊचे कउ जाणै सोइ ॥
जेवडु आपि जाणै आपि आपि ॥ नानक नदरी[27] करमी दाति ॥ 24 ॥

---

1. आकाश 2. अंत 3. इस्लाम विषयक किताबें—तुरेत, अंजील, कुरान और जंबूर 4. वास्तव
में 5. विनश्वर 6. महान 7. सराहना, प्रशंसा 8. स्मृति, तादात्म्य 9. समुद्र 10. पर्वत 11. सम्पत्ति
12. चींटी 13. विस्मरण 14. तुलना 15. गुण 16. रचना 17. दान 18. देखनेवालों 19. श्रवण करने
वालों 20. मंतव्य, रहस्य 21. समुद्र 22. विलीन हो जाता है, समा जाता है 23. महान 24. स्थान
25. नाम 26. उतना 27. कृपा, अनुग्रह, दृष्टि

बहुता करमु लिखिआ ना जाइ॥ वडा दाता[1] तिलु[2] न तमाइ[3] ॥

केते मंगहि[4] जोध[5] अपार॥ केतिआ[6] गणत नही वीचारु॥

केते खपि तुटहि[7] वेकार॥

केते लै लै मुकरु पाहि॥ केते मूरख खाही खाहि॥

केतिआ दूख भूख सद मार॥ एहि भि दाति तेरी दातार॥

बंदि खलासी भाणै होइ॥ होरु आखि न सकै कोइ॥

जे को खाइकु आखणि पाइ॥ ओहु जाणै जेतीआ मुहि खाइ॥

आपे जाणै आपे देइ॥ आखहि सि भि केई केइ॥

जिस नो बखसे सिफति[8] सालाह[9] ॥ नानक पातिसाही पातिसाहु॥ 25 ॥

अमुल[10] गुण अमुल वापार[11] ॥ अमुल वापारीए[12] अमुल भंडार॥

अमुल आवहि अमुल लै जाहि॥ अमुल भाइ अमुला समाहि[13] ॥

अमुलु धरमु अमुलु दीबाणु[14] ॥ अमुलु तुलु[15] अमुलु परवाणु[16] ॥

अमुलु बखसीस[17] अमुलु नीसाणु॥ अमुलु करमु अमुलु फुरमाणु[18] ॥

अमुलो अमुलु आखिआ[19] न जाइ॥ आखि आखि रहे लिव लाइ॥

आखहि वेद पाठ पुराण॥ आखहि पड़े करहि वखिआण[20] ॥

आखहि बरमे[21] आखहि इंद॥ आखहि गोपी तै गोविंद॥

आखहि ईसर आखहि सिध[22] ॥ आखहि केते कीते बुध[23] ॥

आखहि दानव आखहि देव॥ आखहि सुरि नर मुनि जन सेव॥

केते आखहि आखणि पाहि॥ केते कहि कहि उठि उठि जाहि॥

एते कीते[24] होरि[25] करेहि॥ ता आखि न सकहि केई केइ[26] ॥

जेवडु[27] भावै तेवडु होइ॥ नानक जाणै साचासोइ॥

जे को आखै बोलु[28] विगाड़ु[29] ॥ ता लिखीऐ सिरि गावारा[30] गावारु॥ 26 ॥

---

1. देनेवाला, परमात्मा 2. तिलभर भी 3. लालच 4. माँगते हैं 5. योद्धा 6. कितने ही 7. टूट जाते हैं, ख़त्म हो जाते हैं 8. गुण 9. सराहना 10. अमूल्य 11. व्यापार 12. व्यवहार 13. डूब गए हैं, समा गए हैं 14. न्यायालय 15. तोल 16. परिमाण, मात्रा, तुलाई 17.भेंट, उपहार 18. फ़रमान, आदेश 19. कहा 20. बखान 21. ब्रह्मा 22. सिद्ध 23. बुद्धिमान 24. दिए 25. और 26. कई-कई 27. जितना बड़ा 28. वाणी 29. बिगाड़ता 30. गँवार

सो दरु[1] केहा सो घरु केहा जितु बहि[2] सरब[3] समाले ॥

वाजे नाद अनेक असंखा केते वावणहारे[4] ॥

केते राग परी सिउ कही अनि केते गावणहारे ॥

गावहि तुहनो[5] पउणु[6] पाणी[7] बैसंतरु[8] गावै राजा धरमु[9] दुआरे ॥

गावहि चितु गुपतु[10] लिखि जाणहि लिखि लिखि धरमु वीचारे ॥

गावहि ईसरु[11] बरमा[12] देवी सोहनि सदा सवारे ॥

गावहि इंद इदासणि बैठे देवतिआ[13] दरि नाले[14] ॥

गावहि सिध समाधी अंदरि गावनि साध विचारे ॥

गावनि जती[15] सती[16] संतोखी गावहि वीर करारे[17] ॥

गावनि पंडित पड़नि रखीसर[18] जुगु जुगु वेदा नाले ॥

गावहि मोहणीआ[19] मनु मोहनि सुरगा[20] मछ[21] पइआले[22] ॥

गावनि रतन उपाए[23] तेरे अठसठि तीर्थ नाले ॥

गावहि जोध महाबल सूरा गावहि खाणी[24] चारे ॥

गावहि खंड मंडल वरभंडा[25] करि करि रखे धारे[26] ॥

सेई तुधुनो गावहि जो तुधु भावनि रते[27] तेरे भगत रसाले[28] ॥

होरि[29] केते गावनि से मै चिति[30] न आवनि नानकु किआ वीचारे ॥

सोई सोई सदा सचु साहिबु साचा साची नाई ॥

है भी होसी[31] जाइ न जासी रचना जिनि[32] रचाई ॥

रंगी रंगी भाती[33] करि करि जिनसी माइआ[34] जिनि उपाई[35] ॥

करि करि वेखै कीता आपणा जिव तिस दी वडिआई ॥

जो तिसु[36] भावै सोई करसी हुकमु न करणा जाई ॥

सो पातिसाहु साहा पातिसाहिबु[37] नानक रहणु रजाई[38] ॥ 27 ॥

---

1. दरवाज़ा 2. बैठकर 3. सर्व, सभी को 4. बजानेवाले 5. तुम्हारा 6. पवन 7. जल 8. अग्नि
9. धर्मराज 10. चित्रगुप्त, मनुष्यों के कर्म का लेखा-जोखा करने वाला 11. शिव 12. ब्रह्मा
13. देवताओं 14. साथ 15. यति 16. सत्य साधक 17. तेज 18. ऋषि 19. मोहिनी स्त्रियाँ
20. स्वर्ग 21. मध्यलोक 22. पाताल 23. उत्पन्न किए 24. योनियों—अंडज, जरायुज, स्वेदज,
और उद्भिज 25. ब्रह्मांड 26. धारण कर रखा है 27. अनुरक्त 28. रस में सिक्त 29. और
30. स्मरण में 31. होगा 32. जिसने 33. भाँति 34. माया 35. उत्पन्न की 36. उसको 37. बादशाह
38. इच्छा

मुंदा[1] संतोखु सरमु पतु[2] झोली धिआन[3] की करहि बिभूति[4]॥
खिंथा[5] कालु कुआरी काइआ[6] जुगति[7] डंडा[8] परतीति॥
आई पंथी[9] सगल जमाती[10] मनि जीतै जगु जीतु॥
आदेसु तिसै[11] आदेसु[12]॥
आदि अनीलु अनादि अनाहति जुगु जुगु एको वेसु॥ 28॥

भुगति गिआनु दइआ[13] भंडारणि[14] घटि घटि वाजहि नाद॥
आपि नाथु[15] नाथी सभ जा की रिधि सिधि अवरा[16] साद[17]॥
संजोगु विजोगु दुइ कार[18] चलावहि लेखे आवहि भाग॥
आदेसु[19] तिसै आदेसु[20]॥
आदि अनीलु[21] अनादि अनाहति जुगु[22] जुगु एको वेसु॥ 29॥

एका माई[23] जुगति[24] विआई[25] तिनि चेले[26] परवाणु॥
इकु[27] संसारी[28] इकु भंडारी[29] इकु लाए दीबाणु[30]॥
जिव तिसु भावै तिवै चलावै जिव होवै फुरमाणु[31]॥
ओहु वेखै ओना[32] नदरि[33] न आवै बहुता एहु विडाणु[34]॥
आदेसु तिसै आदेसु॥
आदि अनीलु अनादि अनाहति जुगु जुगु एको वेसु॥ 30॥

---

1. मुद्रा 2. विश्वास 3. ध्यान 4. भस्म 5. कंथा 6. काया 7. युक्ति 8. दंड 9. बारह योगी पंथों में से एक पंथ 10. जमात, साधुओं का समूह 11. उसे 12. आदि ईश्वर 13. दया 14. भंडारी 15. रस्सी 16. दूसरे 17. साधन 18. कार्य 19. प्रणाम 20. आदि ईश 21. शुभ, वर्णरहित 22. युग 23. एक 24. युक्ति 25. प्रसन्न हुआ 26. शिष्य, पुत्र 27. एक 28. संसार की रचना करने वाला, ब्रह्मा 29. पालन-पोषण करने की सामग्री रखने वाला, विष्णु 30. न्यायाधीश, मृत्युदंड देनेवाला, शिव 31. आदेश, आज्ञा 32. अन्य 33. दृष्टि 34. अद्भुत

आसणु[1] लोइ[2] लोइ भंडार ॥ जो किछु पाइआ सु एका वार ॥
करि करि वेखै[3] सिरजणहारु ॥ नानक सचे[4] की साची कार[5] ॥
आदेसु तिसै आदेसु ॥
आदि अनीलु अनादि अनाहति जुगु जुगु एको वेसु ॥ 31 ॥

इक दू[6] जीभौ[7] लख होहि लख होवहि लख वीस[8] ॥
लखु लखु गेड़ा[9] आखीअहि एकु नामु जगदीस ॥
एतु राहि पति पवड़ीआ[10] चड़ीऐ होइ इकीस[11] ॥
सुणि गला[12] आकास की कीटा[13] आई रीस[14] ॥
नानक नदरी पाईऐ कूड़ी[15] कूड़ै[16] ठीस[17] ॥ 32 ॥

आखणि[18] जोरु[19] चुपै[20] नह[21] जोरु ॥ जोरु न मंगणि देणि न जोरु ॥
जोरु न जीवणि[22] मरणि नह जोरु ॥ जोरु न राजि[23] मालि[24] मनि सोरु[25] ॥
जोरु न सुरती[26] गिआनि वीचारि ॥ जोरु न जुगती छुटै[27] संसारु ॥
जिसु हथि जोरु करि वेखै[28] सोइ ॥ नानक उतमु नीचु न कोइ ॥ 33 ॥

गिआन खंड महि गिआनु परचंडु[29] ॥ तिथै नाद बिनोद कोड[30] अनंदु[31] ॥
सरम खंड[32] की बाणी रूपु ॥ तिथै घाड़ति घड़ीऐ बहुतु अनूपु[33] ॥
ता कीआ[34] गला कथीआ[35] ना जाहि ॥ जेको[36] कहै पिछै पछुताइ ॥
तिथै घड़ीऐ[37] सुरति मति मनि बुधि ॥ तिथै घड़ीऐ सुरा सिधा[38] की सुधि ॥ 34 ॥

---

1. आसन 2. लोक 3. देखता है 4. सच्चे, परमात्मा 5. कार्य 6. एक 7. जीभ 8. बीस 9. चक्कर,
बार–बार 10. सीढ़ियाँ 11. बीस से इक्कीस, ऊँचा 12. बातें 13. कीड़ा, अधम 14. क्रोध, ईर्ष्या
15. झूठी 16. झूठे 17. डींग, बकवास 18. कहने की 19. ताक़त 20. चुप रहने की 21. नहीं
22. जीने की 23. राज्य 24. संपत्ति 25. दुविधा, संशय 26. एकाग्रचित्त, तादात्म्य 27. मुक्त
28. देखता, सँभालता है 29. प्रचंड, तेज 30. करोड़ 31. आनंद 32. लज्जा, प्रतिष्ठा की चिंता
33. अनुपम 34. उसकी क्रिया, उसकी रचना 35. कथन, वर्णन 36. जो कोई 37. रचना होती है
38. देवता और सिद्धों की

राती[1] रुती[2] थिती[3] वार ॥ पवण पाणी अगनी[4] पाताल ॥
तिसु विचि धरती थापि[5] रखी धरम साल[6] ॥
तिसु विचि जीअ[7] जुगति के रंग ॥ तिन के नाम अनेक अनंत ॥
करमी करमी होइ वीचारु ॥ सचा आपि सचा दरबारु ॥
तिथै सोहनि[8] पंच परवाणु[9] ॥ नदरी[10] करमि पवै[11] नीसाणु ॥
कच[12] पकाई[13] ओथै पाइ ॥ नानक गइआ जापै[14] जाइ ॥ 35 ॥

धरम खंड का एहो[15] धरमु ॥ गिआन खंड का आखहु[16] करमु ॥
केते पवण पाणी वैसंतर[17] केते कान महेस ॥
केते बरमे[18] घाड़ति[19] घड़ीअहि[20] रूप रंग के वेस ॥
केतीआ करम भूमी मेर[21] केते केते धू[22] उपदेस ॥
केते इंद चंद सूर केते केते मंडल देस ॥
केते सिध[23] बुध[24] नाथ केते केते देवी वेस ॥
केते देव दानव मुनि केते केते रतन समुंद[25] ॥
केतीआ खाणी[26] केतीआ बाणी केते पात[27] नरिंद[28] ॥
केतीआ सुरती[29] सेवक केते नानक अंतु न अंतु ॥ 36 ॥

जतु[30] पाहारा[31] धीरजु सुनिआरु[32] ॥ अहरणि[33] मति वेदु[34] हथीआरु[35] ॥
भउ[36] खला[37] अगनि तप ताउ ॥ भांडा[38] भाउ अमृतु तितु ढालि ॥
घड़ीऐ सबदु सची टकसाल ॥ जिन कउ नदरि करमु तिन कार[39] ॥
नानक नदरी नदरि निहाल ॥ 37 ॥

---

1. रात्रियाँ 2. ऋतु 3. तिथि 4. अग्नि 5. स्थापित किया 6. मंदिर 7. जीव 8. शोभित हैं 9. सूक्ष्म रस 10. दृष्टि, कृपा 11. प्राप्त करता है 12. कच्चा 13. पक्का 14. वहाँ पर 15. यह 16. कहता हूँ 17. अग्नि 18. ब्रह्मा 19. रचना 20. रचते हैं, गढ़ते हैं 21. सुमेरु 22. ध्रुव 23. सिद्ध 24. बुद्धिमान 25. समुद्र 26. योनियाँ 27. बादशाह 28. राजा 29. श्रुति 30. संयम 31. भट्टी 32. सुनार 33. अहरण (निहाई) 34. आत्मज्ञान 35. हथियार 36. भय 37. धोंकनी 38. बर्तन, साँचा 39. कार्य

करम खंड[1] की बाणी जोरु[2] ॥ तिथै[3] होरु न कोई होरु ॥

तिथै जोध[4] महाबल सूर[5] ॥ तिन महि रामु रहिआ भरपूर ॥

तिथै सीतो सीता महिमा माहि ॥ ता के रूप न कथने जाहि ॥

ना ओहि मरहि न ठागे[6] जाहि ॥ जिन कै रामु वसै मन माहि ॥

तिथै भगत वसहि के लोअ[7] ॥ करहि अनंदु सचा मनि सोइ ॥

सच खंडि वसै निरंकारु ॥ करि करि वेखै नदरि[8] निहाल[9] ॥

तिथै खंड मंडल वरभंड[10] ॥ जे को कथै त अंत न अंत ॥

तिथै लोअ[11] लोअ आकार ॥ जिव जिव हुकमु तिवै तिव कार[12] ॥

वेखै विगसै[13] करि वीचारु ॥ नानक कथना करड़ा[14] सारु[15] ॥ 38 ॥

सलोकु

पवणु गुरु पाणी पिता माता धरति महतु[16] ॥

दिवसु राति दुइ दाई[17] दाइआ खेलै सगल जगतु ॥

चंगिआईआ[18] बुरिआईआ वाचै[19] धरमु हदूरि ॥

करमी[20] आपो आपणी के नेड़ै[21] के दूरि ॥

जिनी नामु धिआइआ[22] गए मसकति[23] घालि ॥

नानक ते मुख उजले केती[24] छुटी नालि[25] ॥ 1 ॥

---

1. कर्मखंड अर्थात् सिद्ध अवस्था का कार्य-कलाप 2. सबल 3. वहाँ 4. योद्धा 5. वीर 6. ठगे जाते हैं 7. लोक 8. कृपा, दृष्टि 9. प्रसन्न, संपन्न 10. ब्रह्मांड 11. लोक 12. कार्य 13. विकसित होता है, प्रसन्न होता है 14. कठिन 15. लोहा 16. माता 17. धाय, पालन करने वाली माँ 18. अच्छाई 19. जाँचता है 20. कर्म 21. पास 22. ध्यान किया 23. परिश्रम, अभ्यास 24. कितने 25. साथ

बारहमाह*

रागु तुखारी

तू सुणि किरत[1] करमा[2] पुरबि[3] कमाइआ ॥

सिरि सिरि[4] सुख सहमा देहि[5] सु तू भला ॥

हरि रचना तेरी किआ गति मेरी हरि बिनु घड़ी न जीवा ॥

प्रिअ बाझु[6] दुहेली[7] कोइ न बेली[8] गुरमुखि[9] अमृतु पीवां ॥

रचना राचि रहे निरंकारी प्रभ मनि करम सुकरमा ॥

नानक पंथु निहाले सा धन[10] तू सुणि आतम रामा ॥ 1 ॥

❖ ❖ ❖

बाबीहा[11] प्रिउ बोले कोकिल बाणीआ[12] ॥

सा धन सभि रस चोलै[13] अंकि समाणीआ ॥

हरि अंकि समाणी जा प्रभ भाणी सा सोहागणि नारे[14] ॥

नव घर[15] थापि महल घरु ऊचउ[16] निज घरि वासु मुरारे ॥

सभ तेरी तू मेरा प्रीतमु निसि बासुर रंगि रावै ॥

नानक प्रिउ प्रिउ चवै[17] बबीहा कोकिल सबदि सुहावै ॥ 2 ॥

❖ ❖ ❖

---

* 'बारहमाह' पंजाबी का प्रसिद्ध लोक काव्य रूप है। यह षडऋतु वर्णन का रूपांतर है। बारहमाह में विरहिणी महीने से संबद्ध ऋतु के अनुसार अपने विरह का वर्णन करती है। यह भारतीय परंपरा का काव्यरूप है, जिसका उपयोग गुरु नानक ने आध्यात्मिक विरह के लिए किया।

1. कमाई 2. कर्म 3. पिछले 4. प्रत्येक जीव 5. देता है 6. बिना 7. दु:खी 8. सहायक 9. गुरु वाणी 10. स्त्री 11. पपीहा 12. बोली 13. भोगती है, धारण करती है 14. नारी 15. नौ गोलक (दो कान, दो नासिका रंध्र, दो आँखें, एक मुख, एक शिशन द्वार और गुदा द्वार) 16. ऊँचा 17. बोलता है

तू सुणि हरि रस भिंने[1] प्रीतम आपणे ॥

मनि तनि रवत रवंने[2] घड़ी न बीसरै[3] ॥

किउ[4] घड़ी बिसारी हउ बलिहारी हउ जीवां[5] गुण गाए ॥

ना कोई मेरा हउ किसु केरा हरि बिनु रहणु न जाए ॥

ओट[6] गही हरि चरण निवासे भए पवित्र सरीरा ॥

नानक द्रिसटि दीरघ सुखु पावै गुर[7] सबदी मनु धीरा[8] ॥ 3 ॥

❖ ❖ ❖

बरसै अमृत धार बूंद सुहावणी ॥

साजन मिले सहजि सुभाइ हरि सिउ[9] प्रीति बणी ॥

हरि मंदरि आवै जा प्रभ भावै धन[10] ऊभी[11] गुण सारी[12] ॥

घरि घरि कंतु[13] रवै सोहागणि हउ[14] किउ कंति[15] विसारी[16] ॥

उनवि[17] घन छाए बरसु सुभाए मनि तनि प्रेमु सुखावै ॥

नानक वरसै अमृत बाणी करि किरपा घरि आवै ॥ 4 ॥

❖ ❖ ❖

चेतु बसंतु भला भवर[18] सुहावड़े[19] ॥

बन फूले मंझ बारि मै पिरु[20] घरि बाहुड़ै[21] ॥

पिरु घरि नही आवै धन किउ सुखु पावै बिरहि बिरोध[22] तनु छीजै[23] ॥

कोकिल अम्मबि[24] सुहावी बोलै किउ दुखु अंकि[25] सहीजै ॥

भवरु भवंता फूली डाली किउ जीवां[26] मरु माए ॥

नानक चेति सहजि सुखु पावै जे हरि वरु घरि धन पाए ॥ 5 ॥

❖ ❖ ❖

---

1. भीगे हुए 2. रमा हुआ 3. भूलता है 4. क्यों 5. जीवित हूँ 6. शरण 7. गुरु 8. धैर्य, स्थिर
9. से 10. स्त्री 11. खड़ी हुई 12. सँभाल रही है 13. पति, स्वामी 14. मुझे 15. स्वामी ने,
पति ने 16. भुला दिया है 17. उमड़कर 18. भ्रमर 19. सुहावना 20. प्रिय 21. लौटे 22. संघर्ष
23. छीजता रहता है 24. अमराई 25. हृदय 26. जीवित

वैसाखु भला साखा[1] वेस करे[2]॥

धन[3] देखै हरि[4] दुआरि आवहु दइआ करे॥

घरि[5] आउ पिआरे दुतर[6] तारे[7] तुधु बिनु अढु[8] न मोलो[9]॥

कीमति कउण करे तुधु भावां देखि दिखावै ढोलो[10]॥

दूरि न जाना अंतरि माना हरि का महलु[11] पछाना॥

नानक वैसाखीं[12] प्रभु पावै सुरति सबदि मनु माना॥ 6॥

❖　❖　❖

माहु जेठु भला[13] प्रीतमु किउ[14] बिसरै[15]॥

थल तापहि[16] सर[17] भार[18] सा धन बिनउ[19] करै॥

धन बिनउ करेदी गुण सारेदी[20] गुण सारी प्रभ भावा॥

साचै महलि रहै बैरागी[21] आवण देहि त आवा॥

निमाणी[22] निताणी[23] हरि बिनु किउ पावै सुख महली॥

नानक जेठि जाणै तिसु जैसी करमि मिलै गुण गहिली[24]॥ 7॥

❖　❖　❖

आसाड़ु[25] भला[26] सूरजु गगनि तपै॥

धरती दूख सहै सोखै अगनि भखै[27]॥

अगनि रसु[28] सोखै मरीऐ धोखै भी सो किरतु न हारे[29]॥

रथु फिरै[30] छाइआ धन ताकै टीडु[31] लवै[32] मंझि बारे[33]॥

अवगण बाधि चली दुखु आगै सुखु तिसु साचु समाले[34]॥

नानक जिस नो इहु मनु दीआ मरणु जीवणु[35] प्रभ नाले॥ 8॥

❖　❖　❖

---

1. शाखाएँ 2. नये वस्त्र पहनती है 3. स्त्री 4. ईश्वर 5. घट में 6. जिसमें तैर कर जाना मुश्किल हो 7. उद्धार कर दे 8. आधी कौड़ी 9. मूल्य 10. प्रिय पति के 11. ठिकाना 12. वैशाख में 13. अच्छा 14. क्यों 15. भूल गए 16. तपता है 17. की तरह 18. भट्टी 19. विनय, प्रार्थना 20. सँभालती है 21. विरक्त 22. निराला 23. नित्य 24. गुण ग्रहण करने वाली 25. आसाढ़ 26. अच्छा 27. कहती है, व्याप्त करती है 28. जल 29. कर्तव्य नहीं त्यागता 30. चक्कर लगाता है 31. बींडा (एक प्रकार का कीड़ा) 32. टीं टीं करता है 33. बाहर 34. सँभालता है 35. जीवन-मरण, हर समय

सावणि सरस मना घण[1] वरसहि रुति आए॥

मै मनि तनि सहु भावै पिरु[2] परदेसि सिधाए[3]॥

पिरु घरि नही आवै मरीऐ हावै[4] दामनि[5] चमकि डराए॥

सेज इकेली खरी दुहेली[6] मरणु भइआ दुखु माए[7]॥

हरि बिनु नींद भूख कहु कैसी कापड़ु तनि न सुखावए[8]॥

नानक सा सोहागणि कंती[9] पिर कै अंकि[10] समावए[11]॥ 9 ॥

❖ ❖ ❖

भादउ[12] भरमि[13] भुली भरि जोबनि पछुताणी॥

जल थल नीरि भरे बरस रुते रंगु माणी[14]॥

बरसै निसि काली किउ सुखु बाली दादर मोर लवंते[15]॥

प्रिउ प्रिउ चवै[16] बबीहा बोले भुइअंगम[17] फिरहि डसंते॥

मछर डंग[18] साइर[19] भर सुभर[20] बिनु हरि किउ सुखु पाईऐ॥

नानक पूछि चलउ गुर अपुने जह प्रभु तह ही जाईऐ॥ 10 ॥

❖ ❖ ❖

असुनि[21] आउ पिरा[22] सा धन[23] झूरि[24] मुई॥

ता[25] मिलीऐ प्रभ[26] मेले[27] दूजै भाइ खुई[28]॥

झूठि विगुती[29] ता पिर मुती[30] कुकह काह[31] सि फुले॥

आगै घाम[32] पिछै रुति जाडा देखि चलत मनु डोले॥

दह दिसि साख हरी हरीआवल सहजि पकै सो मीठा॥

नानक असुनि मिलहु पिआरे सतिगुर भए बसीठा[33]॥ 11 ॥

❖ ❖ ❖

---

1. बादल 2. प्रिय 3. चले गए हैं 4. आह भर-भरकर 5. बिजली 6. दुःखी 7. हे माँ 8. सुखद है 9. पतिवाली, पति की प्रिय 10. गले लगाना 11. लीन हो जाना 12. भाद्रपद 13. भ्रम 14. रंग मानना, आनंद लेना 15. बोलते हैं 16. बोलता है 17. साँप 18. डंक 19. सागर, तालाब 20. पूरे भरे हुए 21. आश्विन 22. पति 23. वह स्त्री 24. सिसक-सिसककर 25. तब ही 26. प्रभु 27. मिलाए 28. खो बैठी 29. दुःखी हुई 30. छोड़ी हुई 31. नदियों के किनारे उगी हुई घास, पिछली और काही 32. धूप 33. वकील

कतकि[1] किरतु[2] पइआ[3] जो[4] प्रभ भाइआ[5] ॥

दीपकु सहजि बलै[6] तति[7] जलाइआ[8] ॥

दीपक रस तेलो धन[9] पिर मेलो धन ओमाहै[10] सरसी ॥

अवगण मारी मरै न सीझै[11] गुणि मारी ता मरसी ॥

नामु भगति दे निज घरि बैठे अजहु तिनाड़ी[12] आसा ॥

नानक मिलहु कपट[13] दर[14] खोलहु एक घड़ी खटु मासा[15] ॥ 12 ॥

❖ ❖ ❖

मंघर[16] माहु भला हरि गुण अंकि[17] समावए[18] ॥

गुणवंती गुण रवै मै पिरु[19] निहचलु भावए[20] ॥

निहचलु चतुरु सुजाणु बिधाता चंचलु जगतु सबाइआ ॥

गिआनु धिआनु गुण अंकि समाणे प्रभ भाणे[21] ता[22] भाइआ ॥

गीत नाद कवित कवे सुणि राम नामि दुखु भागै ॥

नानक सा धन नाह[23] पिआरी अभ भगती[24] पिर आगै ॥ 13 ॥

❖ ❖ ❖

पोखि[25] तुखारु[26] पड़ै वणु त्रिणु रसु[27] सोखै[28] ॥

आवत की नाही मनि तनि वसहि मुखे ॥

मनि तनि रवि रहिआ जगजीवनु गुर सबदी रंगु माणी[29] ॥

अंडज[30] जेरज[31] सेतज[32] उतभुज[33] घटि घटि जोति समाणी ॥

दरसनु देहु दइआपति दाते गति पावउ[34] मति देहो ॥

नानक रंगि रवै रसि रसीआ हरि सिउ प्रीति सनेहो ॥ 14 ॥

❖ ❖ ❖

---

1. कार्तिक 2. कार्य 3. मिल जाता है 4. जीव 5. अच्छा लगा 6. जल उठता है 7. तत्त्व 8. जला दिया 9. स्त्री 10. उत्साहित, उमंगित 11. क़ामयाब होती है 12. उनकी 13. कपाट, किवाड़ 14. दरवाज़ा 15. छह मास 16. अगहन 17. हृदय में 18. बसते हैं, समाते हैं 19. पति, प्रियतम 20. अच्छा लगता है 21. प्रभु की आज्ञा हुई 22. तब 23. नाथ, स्वामी 24. हार्दिक प्रेम 25. पौष 26. कोहरा 27. नमी 28. सुखा देता है 29. मानता है 30. अंडे से पैदा होने वाला 31. पिंडज, गर्भ से उत्पन्न 32. पसीने से उत्पन्न 33. धरती से उत्पन्न 34. प्राप्त कर लूँ

माघि[1] पुनीत भई तीरथु अंतरि जानिआ॥

साजन सहजि मिले गुण गहि अंकि समानिआ॥

प्रीतम गुण अंके सुणि प्रभ बंके[2] तुधु भावा सरि[3] नावा[4]॥

गंग जमुन तह[5] बेणी[6] संगम सात समुंद समावा॥

पुंन दान पूजा परमेसुर जुगि जुगि एको जाता[7]॥

नानक माघि महा रसु हरि जपि अठसठि तीरथ नाता॥ 15 ॥

❖ ❖ ❖

फलगुनि[8] मनि रहसी[9] प्रेमु सुभाइआ॥

अनदिनु[10] रहसु भइआ आपु गवाइआ॥

मन मोहु चुकाइआ जा तिसु[11] भाइआ करि किरपा घरि आओ॥

बहुते वेस करी[12] पिर बाझहु महली[13] लहा[14] न थाओ॥

हार डोर रस पाट पट्मबर पिरि लोड़ी[15] सीगारी॥

नानक मेलि लई गुरि अपणै घरि वरु[16] पाइआ नारी॥ 16 ॥

❖ ❖ ❖

बे[17] दस[18] माह रुती[19] थिती[20] वार भले॥

घड़ी मूरत[21] पल साचे आए सहजि मिले॥

प्रभ मिले पिआरे कारज सारे[22] करता सभ बिधि[23] जाणै॥

जिनि सीगारी[24] तिसहि पिआरी मेलु भइआ रंगु माणै॥

घरि सेज सुहावी जा पिरि रावी[25] गुरमुखि मसतकि भागो॥

नानक अहिनिसि रावै प्रीतमु हरि वरु थिरु सोहागो[26]॥ 17 ॥

❖ ❖ ❖

---

1. माघ 2. बाँकि, सुंदर 3. सरोवर में 4. नहा लेता हूँ 5. उस 6. त्रिवेणी 7. जानना 8. फाल्गुन
9. ख़ुशी हुई 10. हर दिन 11. उस 12. करती हूँ 13. महल में 14. ढूँढ़ना 15. पसंद कर ली
16. वर, पति 17. दो 18. दो और दस, बारह 19. ऋतु 20. तिथियाँ 21. मुहूर्त 22. सिर चढ़ गए
23. जुगत 24. सँवार दी 25. मिला दी 26. सौभाग्य

पहरे*

रागु तुखारी

पहिलै पहरै[1] नैण सलोनड़ीए[2] रैणि अंधिआरी राम॥

वखरु[3] राखु[4] मुईए[5] आवै वारी राम॥

वारी आवै कवणु जगावै सूती जम रसु[6] चूसए[7]॥

रैणि अंधेरी किआ पति तेरी चोरु पड़ै घरु मूसए[8]॥

राखणहारा अगम अपारा सुणि बेनंती मेरीआ॥

नानक मूरखु कबहि न चेतै किआ सूझै रैणि अंधेरीआ॥ 1॥

❖ ❖ ❖

दूजा पहरु भइआ जागु[9] अचेती[10] राम॥

वखरु राखु मुईए खाजै[11] खेती राम॥

राखहु खेती हरि गुर हेती[12] जागत चोरु[13] न लागै॥

जम मगि[14] न जावहु ना दुखु पावहु जम का डरु भउ भागै॥

रवि ससि दीपक गुरमति दुआरै मनि[15] साचा मुखि[16] धिआवए[17]॥

नानक मूरखु अजहु[18] न चेतै किव[19] दूजै सुखु पावए[20]॥ 2॥

❖ ❖ ❖

---

* 'पहरे' का अर्थ 'प्रहर' है। यह एक काव्यरूप है, जिसमें विरही दिन के चार प्रहर के अनुसार अपनी मनोदशा का वर्णन करता है। गुरु नानक ने 'पहरे' का उपयोग ईश्वर से अपने वियुक्त होने की मनोदशा के वर्णन के लिए किया है।

1. प्रहर में 2. सलोने नेत्रों वाली 3. सौदा, व्यापार 4. रख ले, सँभाल ले 5. मरी हुई स्त्रियों 6. यम रस, विषय वासनाओं का आनंद 7. चूसती 8. लूटता है 9. सचेत हो 10. अचेत 11. खा रही है 12. प्रेम 13. चोर (कामादिक चोर) 14. रास्ते में 15. मन में 16. मुँह में 17. ध्यान करता है 18. अभी भी 19. कैसे 20. पा सकता है

तीजा पहरु भइआ नीद विआपी[1] राम॥

माइआ सुत[2] दारा दूखि संतापी[3] राम॥

माइआ सुत दारा जगत पिआरा चोग चुगै[4] नित फासै॥

नामु धिआवै ता[5] सुखु पावै गुरमति कालु[6] न ग्रासै[7]॥

जमणु मरणु कालु नही छोडै विणु नावै संतापी॥

नानक तीजै[8] त्रिबिधि लोका माइआ[9] मोहि विआपी॥ 3॥

❖ ❖ ❖

चउथा पहरु भइआ दउतु[10] बिहागै[11] राम॥

तिन[12] घरु राखिअड़ा[13] जु अनदिनु जागै राम॥

गुर पूछि जागे नामि लागे तिना रैणि[14] सुहेलीआ[15]॥

गुर सबदु कमावहि जनमि न आवहि तिना हरि प्रभु बेलीआ[16]॥

कर[17] कंपि[18] चरण सरीरु कंपै नैन अंधुले[19] तनु भसम से॥

नानक दुखीआ जुग चारे[20] बिनु नाम हरि के मनि वसे॥ 4॥

❖ ❖ ❖

खूली[21] गंठि[22] उठो लिखिआ आइआ राम॥

रस कस[23] सुख ठाके[24] बंधि[25] चलाइआ राम॥

बंधि चलाइआ जा[26] प्रभ भाइआ ना दीसै ना सुणीऐ॥

आपण वारी सभसै[27] आवै पकी खेती लुणीऐ[28]॥

घड़ी चसे[29] का लेखा लीजै बुरा भला सहु जीआ[30]॥

नानक सुरि नर सबदि मिलाए तिनि[31] प्रभि कारणु कीआ॥ 5॥

❖ ❖ ❖

---

1. व्याप्त होती है 2. पुत्र 3. कलपती रहती है 4. भोग भोगता है 5. तब 6. मौत 7. खाता है 8. तीसरा प्रहर गुज़रते ही 9. माया 10. उदय, प्रकाश 11. सूरज का 12. उन्होंने 13. रख लिया है, बचा लिया है 14. रात 15. सुखदायी 16. मित्र 17. हाथ 18. काँप कर 19. अंधे से 20. चारों युगों में 21. खुल गयी 22. गाँठ 23. सभी रस 24. रोक लिए 25. बाँध कर 26. जब 27. सभी से 28. काटी जाती है 29. मुहूर्त 30. जीव 31. उसने

ओअंकारु *

राग रामकली

ओअंकारि[1] ब्रह्मा उतपति॥ ओअंकारु कीआ जिनि[2] चिति॥
ओअंकारि सैल[3] जुग[4] भए॥ ओअंकारि बेद निरमए॥
ओअंकारि सबदि[5] उधरें[6]॥ ओअंकारि गुरमुखि[7] तरे॥
ओनम अखर[8] सुणहु बीचारु॥ ओनम[9] अखरु त्रिभवण सारु॥ 1 ॥
सुणि पांडे किआ लिखहु जंजाला॥
लिखु राम नाम गुरमुखि गोपाला॥ 1 ॥ रहाउ॥

ससै[10] सभु जगु सहजि[11] उपाइआ तीनि भवन[12] इक जोती॥
गुरमुखि वसतु[13] परापति होवै चुणि लै[14] माणक मोती॥
समझै सूझै पड़ि पड़ि बूझै अंति[15] निरंतरि साचा॥
गुरमुखि देखै साचु समाले[16] बिनु साचे जगु काचा[17]॥ 2 ॥

धधै[18] धरमु धरे धरमा पुरि[19] गुणकारी मनु धीरा[20]॥
धधै धूलि पड़ै मुखि मसतकि कंचन भए मनूरा[21]॥
धनु धरणीधरु[22] आपि[22] अजोनी[23] तोलि बोलि सचु पूरा॥
करते की मिति करता जाणै कै जाणै गुरु सूरा॥ 3 ॥

---

* ओउम् (ॐ) या ओंकार का ईश्वर का पर्याय या नामांतर है। यह गुरु नानक की विशेष रचना है, जिसमें एक निराकार परमात्मा का स्वरूप वर्णन है।

1. एक रस या ध्वनि निरंतर 2. जिसने 3. पहाड़ 4. समय का विभाजन 5. शब्द से 6. उद्धार हो गया 7. गुरु के सम्मुख 8. अक्षर 9. परमात्मा को नमस्कार 10. स अक्षर द्वारा 11. सहज ही 12. तीनों—आकाश, पाताल और धरती लोक 13. वस्तु 14. चुन लेता है 15. अंतिम की 16. सँभाले, स्मरण करता है 17. नाशवान 18. ध द्वारा कथन है 19. धर्मपुरी, सत्संग 20. धैर्य 21. जला हुआ लोहा 22. परमात्मा 23. आप ही आप, स्वयं 24. अयोनिज, परमात्मा

डिआनु[1] गवाइआ दूजा[2] भाइआ गरबि[3] गले बिखु[4] खाइआ ॥

गुर रसु[5] गीत बाद नही भावै सुणीऐ गहिर गंभीरु गवाइआ ॥

गुरि[6] सचु कहिआ अमृतु लहिआ मनि तनि साचु सुखाइआ[7] ॥

आपे[8] गुरमुखि आपे देवै आपे अमृतु पीआइआ ॥ 4 ॥

एको एकु[9] कहै सभु[10] कोई हउमै गरबु[11] विआपै[12] ॥

अंतरि बाहरि एकु पछाणै इउ[13] घरु महलु सिआपै[14] ॥

प्रभु नेड़ै[15] हरि दूरि न जाणहु एको स्रिसटि सबाई[16] ॥

एकंकारु अवरु नही दूजा नानक एकु समाई ॥ 5 ॥

इसु करते[17] कउ किउ[18] गहि[19] राखउ अफरिओ[20] तुलिओ[21] न जाई ॥

माइआ[22] के देवाने[23] प्राणी झूठि ठगउरी[24] पाई ॥

लबि[25] लोभि मुहताजि विगूते इब तब फिरि पछुताई ॥

एकु सरेवै[26] ता गति मिति[27] पावै आवणु जाणु रहाई[28] ॥ 6 ॥

एकु अचारु[29] रंगु इकु रूपु ॥ पउण पाणी अगनी असरूपु[30] ॥

एको भवरु[31] भवै[32] तिहु[33] लोइ ॥ एको बूझै सूझै पति[34] होइ ॥

गिआनु धिआनु ले समसरि[35] रहै ॥ गुरमुखि एकु विरला को लहै ॥

जिस नो देइ किरपा ते सुखु पाए ॥ गुरु दुआरै आखि[36] सुणाए ॥ 7 ॥

---

1. ज्ञान 2. अन्य, दूसरा 3. अहंकार में 4. विष, जहर 5. गुरु वाणी का रस 6. सद्गुरु द्वारा 7. अच्छा, सुखकारी 8. प्रभु स्वयं 9. केवल एक 10. सभी 11. अहंकार 12. व्याप्त होता है, छा जाता है 13. इस तरह 14. पहचाना जाता है 15. समीप, पास 16. सारी 17. करतार 18. कैसे 19. पकड़कर 20. पकड़ा नहीं जा सकता 21. तोला 22. माया 23. मतवाले, मस्त 24. ठग बूटी, जादू 25. चस्का 26. स्मरण करें 27. सीमा 28. मुक्ति 29. कार्य, व्यवहार 30. स्वरूप 31. एक ही आत्मा-परमात्मा 32. हो रही है 33. तीनों 34. विश्वास, सम्मान 35. समान 36. कहकर

ऊरम[1] धूरम[2] जोति उजाला॥ तीनि भवण महि गुर गोपाला॥

ऊगविआ[3] असरूपु दिखावै॥ करि किरपा अपुनै घरि आवै॥

ऊनवि[4] बरसै नीझर धारा[5]॥ ऊतम सबदि सवारणहारा॥

इसु एके का जाणै भेउ[6]॥ आपे करता आपे देउ[7]॥ 8॥

उगवै सूरु[8] असुर[9] संघारै[10]॥ ऊचउ[11] देखि सबदि बीचारै॥

ऊपरि आदि अंति तिहु लोइ॥ आपे करै कथै सुणै सोइ॥

ओहु बिधाता मनु तनु देइ[12]॥ ओहु बिधाता मनि मुखि[13] सोइ॥

प्रभु जगजीवनु अवरु न कोइ॥ नानक नामि रते पति होइ॥ 9॥

राजन राम रवै[14] हितकारि[15]॥ रण महि लूझै[16] मनूआ[17] मारि॥

राति दिनंति रहै रंगि राता[18]॥ तीनि भवन जुग चारे जाता[19]॥

जिनि[20] जाता सो तिस ही जेहा॥ अति निरमाइलु सीझसि देहा॥

रहसी[21] रामु रिदै इक भाइ॥ अंतरि सबदु साचि लिव[22] लाइ॥ 10॥

रोसु[23] न कीजै अम्रितु पीजै रहणु[24] नही संसारे॥

राजे राइ रंक[25] नही रहणा आइ जाइ जुग चारे॥

रहण कहण ते[26] रहै न कोई किसु पहि[27] करउ बिनंती[28]॥

एकु सबदु राम नाम निरोधरु[29] गुरु देवै पति मती॥ 11॥

---

1. उरवी, धरती 2. धूम्र, धुआँ 3. उदय होकर, प्रकट होकर 4. झुककर 5. झड़ी लगाकर
6. भेद, रहस्य 7. देनेवाला 8. सूर्य 9. दैत्य 10. ख़त्म कर देता है 11. ऊँचा 12. देता है 13. मुँह में
14. स्मरण करता है 15. हितेच्छु 16. लड़ता है 17. मन 18. अनुरक्त 19. जान लेता है
20. जिसने 21. रहस्यवाला 22. ध्यान, प्रेम 23. नाराजगी, गुस्सा 24. रहना, निवास 25. भिखारी
26. कहने से 27. पास 28. निवेदन 29. निरुध, विकारों से बचकर रहना

लाज[1] मरंती मरि गई घूघटु[2] खोलि चली॥

सासु[3] दिवानी बावरी सिर ते संक[4] टली॥

प्रेमि बुलाई रली[5] सिउ मन महि सबदु अनंदु॥

लालि रती[6] लाली भई गुरमुखि भई निचिंदु[7]॥ 12॥

लाहा[8] नामु रतनु[9] जपि सारु[10]॥ लबु लोभु बुरा अहंकारु॥

लाड़ी चाड़ी[11] लाइतबारु[12]॥ मनमुखु[13] अंधा मुगधु[14] गवारु॥

लाहे कारणि आइआ जगि॥ होइ मजूरु गइआ ठगाइ ठगि॥

लाहा नामु पूंजी वेसाहु[15]॥ नानक सची पति[16] सचा पातिसाहु॥ 13॥

आइ[17] विगूता[18] जगु जम पंथु[19]॥ आई न मेटण को समरथु॥

आथि[20] सैल[21] नीच घरि होइ॥ आथि देखि निवै जिसु दोइ[22]॥

आथि होइ ता मुगधु सिआना॥ भगति बिहूना जगु बउराना[23]॥

सभ महि वरतै[24] एको सोइ॥ जिस नो किरपा करे तिसु परगटु होइ॥ 14॥

जुगि[25] जुगि थापि[26] सदा निरवैरु॥ जनमि[27] मरणि नही धंधा धैरु॥

जो दीसै सो आपे आपि॥ आपि उपाइ आपे घट थापि॥

आपि अगोचरु[28] धंधै लोई[29]॥ जोग जुगति जगजीवनु सोई[30]॥

करि आचारु सचु सुखु होई॥ नाम विहूणा मुकति[31] किव[32] होई॥ 15॥

---

1. लज्जा 2. घूँघट 3. सास 4. शंका 5. चाव, उत्साह 6. अनुरक्त 7. निश्चिंत 8. लाभ 9. रत्न
10. सार 11. निंदा, प्रशंसा 12. ला ऐतबार 13. मन की ओर उन्मुख व्यक्ति 14. मुग्ध, मूर्ख
15. श्रद्धा 16. विश्वास, सम्मान 17. आकर 18. ख़त्म होता है 19. मृत्यु का मार्ग 20. माया
21. पर्वत 22. दोनों 23. बरतते हैं 24. पगलाना 25. युग में 26. स्थापित करके 27. जन्म में
28. अगोचर, इंद्रियातीत 29. लोक 30. वही 31. मुक्ति 32. कैसे

विणु नावै[1] वेरोधु[2] सरीर॥ किउ न मिलहि काटहि मन पीर॥
वाट[3] वटाऊ[4] आवै जाइ॥ किआ ले आइआ किआ पलै पाइ॥
विणु नावै तोटा[5] सभ थाइ॥ लाहा मिलै जां[6] देइ बुझाइ॥
वणजु वापारु वणजै वापारी॥ विणु नावै कैसी पति सारी॥ 16॥

गुण वीचारे गिआनी[7] सोइ[8]॥ गुण महि गिआनु परापति होइ॥
गुणदाता विरला संसारि॥ साची करणी गुर वीचारि॥
अगम अगोचरु कीमति नही पाइ॥ ता मिलीऐ जा लए मिलाइ॥
गुणवंती[9] गुण सारे[10] नीत॥ नानक गुरमति मिलीऐ मीत॥ 17॥

कामु क्रोधु काइआ[11] कउ[12] गालै[13]॥ जिउ कंचन सोहागा ढालै॥
कसि कसवटी[14] सहै सु ताउ[15]॥ नदरि सराफ वंनी[16] सचड़ाउ॥
जगतु पसू अहं कालु[17] कसाई॥ करि करतै[18] करणी करि पाई॥
जिनि कीती तिनि कीमति पाई॥
होर[19] किआ कहीऐ किछु कहणु न जाई॥ 18॥

खोजत खोजत अम्रितु पीआ॥ खिमा[20] गही[21] मनु सतगुरि दीआ॥
खरा खरा आखै[22] सभु कोइ॥ खरा रतनु जुग चारे होइ॥
खात पीअंत[23] मूए[24] नही जानिआ॥ खिन[25] महि मूए जा सबदु पछानिआ॥
असथिरु[26] चीतु मरनि मनु मानिआ॥ गुर किरपा ते नामु पछानिआ॥ 19॥

---

1. नाम के 2. विरोध 3. मार्ग 4. राहगीर, पथिक 5. घाटा, हानि 6. अगर 7. ज्ञानी 8. वही
9. गुणों वाली स्त्री 10. सँभालती है 11. काया 12. को 13. निर्बल कर देता है, गला देता है
14. कसौटी का घिसना 15. तपाना 16. वर्ण, रंग, सर्राफ़, सोने-चाँदी का व्यापारी 17. काल,
मृत्यु 18. करतार 19. और 20. क्षमा 21. ग्रहण की 22. कहता है 23. खाते-पीते 24. मरा हुआ
25. क्षण 26. अस्थिर

गगन ग्मभीरु[1] गगनंतरि[2] वासु ॥ गुण गावै सुख सहजि निवासु ॥
गइआ[3] न आवै आइ न जाइ ॥ गुर परसादि रहै लिव[4] लाइ ॥
गगनु अगमु अनाथु अजोनी ॥ असथिरु चीतु समाधि सगोनी[5] ॥
हरि नामु चेति फिरि पवहि न जूनी[6] ॥ गुरमति सारु होर नाम बिहूनी[7] ॥ 20 ॥

घर दरु[8] फिरि थाकी[9] बहुतेरे ॥ जाति असंख[10] अंत नही मेरे ॥
केते[11] मात पिता सुत धीआ[12] ॥ केते गुर चेले फुनि[13] हूआ ॥
काचे[14] गुर ते मुकति न हूआ ॥
केती नारि वरु एकु समालि[15] ॥ गुरमुखि मरणु जीवणु प्रभ नालि ॥
दह दिस[16] ढूंढि घरै महि[17] पाइआ ॥ मेलु भइआ सतिगुरु मिलाइआ ॥ 21 ॥

गुरमुखि गावै गुरमुखि बोलै ॥ गुरमुखि तोलि तुलावै[18] तोलै ॥
गुरमुखि आवै जाइ निसंगु[19] ॥ परहरि मैलु जलाइ कलंकु ॥
गुरमुखि नाद बेद बीचारु ॥ गुरमुखि मजनु[20] चजु अचारु[21] ॥
गुरमुखि सबदु अमृतु है सारु ॥ नानक गुरमुखि पावै पारु ॥ 22 ॥

---

1. गंभीर 2. गगन में 3. गायन 4. लगन 5. सगुणी 6. योनि 7. विहीन 8. दरवाज़ा 9. थक गयी
10. असंख्य 11. कितने 12. बेटी 13. पुन:, फिर 14. कच्चे 15. सँभालता है 16. दसों दिशाओं
17. में 18. तुलवाता है 19. संबंध रहित 20. मज्जन, स्नान 21. उच्च कोटि का आचरण

वाणी चयन

संकलित रचनाएँ गुरु नानक की वाणी का प्रतिनिधि चयन है। वाणी को यहाँ आठ उप विभागों में वर्गीकृत किया गया है : सभना दाता एकु तू, तेरा भाणा सभु किछु होवै, साची प्रीति न तुटई, सतिगुर की ऐसी वडिआई, जोगी जुगति न जाणै अंधु, नाइ तेरै तरणा नाइ पति पूज, मनु माइआ मनु धाइआ और धनु जोबनु अरु फुलड़ा। *आदिग्रंथ* में संकलित रचनाओं का वर्गीकरण रागों के अनुसार है, इसलिए यहाँ संकलित रचनाओं के साथ उनके राग का नामोल्लेख भी किया गया है। *आदिग्रंथ* में प्रयुक्त 'रागु' 'राग' का तद्भव रूप है।

सभना दाता एकु तू

सिरीरागु

(1)

मोती त[1] मंदर ऊसरहि[2] रतनी त होहि जड़ाउ॥

कसतूरि कुंगू[3] अगरि[4] चंदनि लीपि[5] आवै चाउ॥

देखि भूला वीसरै तेरा चिति[6] न आवै नाउ॥

हरि बिनु जीउ जलि बलि जाउ॥

मै आपणा गुरु पूछि देखिआ अवरु नाही थाउ॥ 1॥

धरती त हीरे लाल जड़ती पलघि[7] लाल जड़ाउ॥

मुखि मणी सोहै करे रंगि पसाउ[8]॥

देखि भूला वीसरै तेरा चिति न आवै नाउ॥ 2॥

सिधु[9] होवा सिधि लाई[10] रिधि[11] आखा आउ॥

गुपतु परगटु होइ बैसा[12] लोकु राखै भाउ[13]॥

मतु देखि भूला वीसरै तेरा चिति न आवै नाउ॥ 3॥

सुलतानु होवा मेलि[14] लसकर[15] तखति[16] राखा पाउ॥

हुकमु हासलु करी बैठा नानका सभ वाउ[17]॥

देखि भूला वीसरै तेरा चिति न आवै नाउ॥ 4॥

---

1. से 2. बनाना 3. केसर 4. ऊद की सुगंधित लकड़ी 5. निपाई करके 6. चित्त में 7. पलंग
8. पसारा 9. सिद्ध 10. लगाऊँ 11. वैभव 12. बैठूँ 13. आदर-सत्कार 14. एकत्र करके
15. फ़ौज, सेना 16. तख़्त पर 17. हवा

(2)

कोटि[1] कोटी मेरी आरजा[2] पवणु पीअणु[3] अपिआउ[4]॥

चंदु सूरजु दुइ गुफै न देखा सुपनै सउण[5] न थाउ[6]॥

भी तेरी कीमति ना पवै हउ केवडु आखा नाउ॥ 1॥

साचा निरंकारु निज थाइ॥

सुणि सुणि आखणु आखणा जे भावै करे तमाइ[7]॥ 2॥ रहाउ॥

कुसा[8] कटीआ[9] वार वार[10] पीसणि[11] पीसा पाइ॥

अगी सेती[12] जालीआ[13] भसम सेती रलि जाउ॥

भी तेरी कीमति ना पवै हउ केवडु आखा नाउ॥ 3॥

पंखी होइ कै जे भवा सै[14] असमानी जाउ॥

नदरी[15] किसै न आवऊ ना किछु पीआ न खाउ॥

भी तेरी कीमति ना पवै हउ केवडुआखा नाउ॥ 4॥

नानक कागद लख मणा पड़ि पड़ि कीचै[16] भाउ॥

मसू[17] तोटि न आवई लेखणि[18] पउणु[19] चलाउ॥

भी तेरी कीमति ना पवै हउ केवडु आखा नाउ॥ 5॥

(3)

अमलु[20] गलोला[21] कूड़[22] का दिता देवणहारि[23]॥

मती[24] मरणु विसारिआ खुसी कीती दिन चारि॥

सचु मिलिआ तिन सोफीआ[25] राखण कउ दरवारु[26]॥1॥

नानक साचे कउ सचु जाणु॥

जितु सेविऐ सुखु पाईऐ तेरी दरगह चलै माणु[27]॥ 1॥ रहाउ॥

---

1. करोड़ 2. उम्र 3. पीना 4. खाना, भोजन 5. सोना 6. जगह 7. आकर्षण 8. कष्ट देना 9. करा दूँ
10. बार-बार 11. चक्की में 12. साथ 13. जला दूँ 14. सैकड़ों 15. दृष्टि, कृपा 16. किया जाए
17. स्याही 18. क़लम 19. पवन 20. अफ़ीम, नशा 21. गोला 22. मिथ्या, नाशवान 23. दाता
24. मस्त हुई 25. नशे से परहेज़ करने वाला 26. दरबार 27. मान, आदर

सचु सरा[1] गुड़ बाहरा[2] जिसु विचि सचा नाउ॥

सुणहि वखाणहि जेतड़े[3] हउ तिन बलिहारै जाउ॥

ता मनु खीवा[4] जाणीऐ जामहली पाए थाउ॥ 2 ॥

नाउ नीरु[5] चंगिआईआ सतु परमलु तनि वासु॥

ता मुखु होवै उजला लख दाती इक दाति॥

दूख तिसै पहि आखीअहि[6] सूख जिसै ही पासि॥ 3 ॥

सो किउ मनहु विसारीऐ जा के जीअ[7] पराण॥

तिसु विणु सभु अपवित्रु है जेता[8] पैनणु खाणु॥

होरि गलां सभि कूड़ीआ[9] तुधु भावै परवाणु॥ 4 ॥

(4)

कुंगू[10] की कांइआ[11] रतना की ललिता[12] अगरि वासु तनि सासु॥

अठसठि[13] तीर्थ का मुखि टिका तितु[14] घटि मति विगासु[15]॥

ओतु[16] मती सालाहणा सचु नामु गुण तासु[17]॥ 1 ॥

बाबा होर मति होर होर॥

जे सउ वेर कमाईऐ कूड़ै[18] कूड़ा जोरु॥ 2 ॥ रहाउ॥

पूज[19] लगै पीरु आखीऐ सभु मिलै संसारु॥

नाउ सदाए आपणा होवै सिधु[20] सुमारु॥

जा पति लेखै ना पवै सभा पूज खुआरु॥ 3 ॥

जिन कउ सतिगुरि थापिआ[21] तिन मेटि न सकै कोइ॥

ओना अंदरि नामु निधानु है नामो परगटु होइ॥

नाउ पूजीऐ नाउ मंनीऐ अखंडु सदा सचु सोइ॥ 4 ॥

खेहू खेह[22] रलाईऐ ता जीउ[23] केहा[24] होइ॥

जलीआ सभि सिआणपा उठी चलिआ रोइ॥

नानक नामि विसारिऐ दरि[25] गइआ किआ होइ॥ 5 ॥

---

1. शराब 2. बिना गुड़ के बनाया हुआ 3. जो-जो 4. मस्त 5. पानी 6. कहे जाते हैं 7. जीव
8. जितना 9. झूठ, फँसानेवालियाँ 10. केसर 11. काया 12. जीभ 13. अड़सठ 14. उसके
15. आनंद 16. उस 17. उसका 18. झूठे 19. पूजा, मान्यता 20. सिद्ध 21. स्थापित किया,
विश्वास दिलाया 22. मिट्टी 23. जीव, प्राण 24. ख़राब 25. दरवाज़ा

(5)

आवहु भैणे[1] गलि[2] मिलह अंकि[3] सहेलड़ीआह[4] ॥

मिलि कै करह[5] कहाणीआ सम्रथ[6] कंत कीआह ॥

साचे साहिब सभि गुण अउगण सभि असाह[7] ॥ 1 ॥

करता[8] सभु को तेरै जोरि[9] ॥

एकु सबदु बीचारीऐ जा तू ता किआ होरि ॥ 1 ॥ रहाउ ॥

जाइ पुछहु सोहागणी तुसी राविआ[10] किनी गुणीं ॥

सहजि संतोखि सीगारीआ मिठा बोलणी ॥

पिरु रीसालू ता मिलै जा गुर का सबदु सुणी ॥ 2 ॥

केतीआ तेरीआ कुदरती केवड तेरी दाति[11] ॥

केते तेरे जीअ जंत सिफति करहि दिनु राति ॥

केते तेरे रूप रंग केते जाति अजाति ॥ 3 ॥

सचु मिलै सचु ऊपजै सच महि साचि समाइ ॥

सुरति होवै पति ऊगवै गुरबचनी भउ[12] खाइ ॥

नानक सचा पातिसाहु आपे लए मिलाइ ॥ 4 ॥

(6)

मरणै की चिंता नही जीवण की नही आस ॥

तू सरब जीआ प्रतिपालही लेखै सास गिरास[13] ॥

अंतरि गुरमुखि तू वसहि जिउ भावै तिउ निरजासि[14] ॥ 1 ॥

जीअरे राम जपत मनु मानु[15] ॥

अंतरि लागी जलि बुझी पाइआ गुरमुखि गिआनु ॥ 1 ॥ रहाउ ॥

अंतर की गति[16] जाणीऐ गुर मिलीऐ संक[17] उतारि ॥

मुइआ[18] जितु[19] घरि जाईऐ तितु जीवदिआ मरु मारि ॥

अनहद[20] सबदि सुहावणे पाईऐ गुर वीचारि ॥ 2 ॥

---

1. बहनें 2. गले से 3. अंक में 4. सहेलियों 5. करें 6. समर्थ 7. हमारे ही 8. करतार 9. ताक़त, हुक्म 10. रचा-पचा 11. कृपाएँ 12. भय 13. ग्रास 14. देखता है 15. मान जाओ 16. हालत 17. शंका 18. मरकर 19. जिस 20. सहस्रार में सुनायी पड़नेवाली अनवरत ध्वनि

अनहद बाणी पाईऐ तह[1] हउमै होइ बिनासु॥

सतगुरु सेवे आपणा हउ सदकुरबाणै तासु॥

खड़ि दरगह पैनाईऐ[2] मुखि हरि नाम निवासु॥ 3 ॥

जह देखा तह रवि रहे[3] सिव सकतीका मेलु॥

त्रिहु गुण बंधी देहुरी जो आइआ जगि[4] सो खेलु॥

विजोगी दुखि विछुड़े मनमुखि लहहि न मेलु॥ 4 ॥

मनु बैरागी घरि वसै सच भै राता[5] होइ॥

गिआन महारसु भोगवै[6] बाहुड़ि भूख[7] न होइ॥

नानक इहु मनु मारि[8] मिलु भी फिरि दुखु न होइ॥ 5 ॥

(7)

रसीआ[9] आपि रसु आपे रावणहारु[10] ॥

आपे होवै चोलड़ा[11] आपे सेज भतारु[12] ॥1 ॥

रंगि रता[13] मेरा साहिबु रवि रहिआ[14] भरपूरि॥ 1 ॥ रहाउ॥

आपे माछी[15] मछुली आपे पाणी जालु॥

आपे जाल मणकड़ा[16] आपे अंदरि लालु[17] ॥ 2 ॥

आपे बहु बिधि रंगुला[18] सखीए मेरा लालु॥

नित रवै सोहागणी[19] देखु हमारा हालु॥ 3 ॥

प्रणवै नानकु बेनती तू सरवरु तू हंसु॥

कउलु[20] तू है कवीआ[21] तू है आपे वेखि विगसु[22] ॥ 4 ॥

---

1. वहाँ 2. सरोपे का आदर किया जाता है 3. व्यस्त रहता है 4. जगत में 5. अनुरक्त 6. भोगता है 7. तृष्णा, लालच 8. मारकर 9. रस से पूर्ण 10. रस को भोगनेवाला 11. स्त्री की चोली 12. ख़सम, पति 13. रंगा हुआ 14. व्यापक है 15. मछली पकड़नेवाला 16. जाल के मनके 17. माँस की बोटी 18. रंगीला 19. सौभाग्यवती 20. कमल 21. चाँद की रोशनी में खिलने वाली वनस्पति 22. विकसित होता है

(8)

कीता[1] कहा करे मनि[2] मानु ॥ देवणहारे कै हथि[3] दानु ॥

भावै[4] देइ न देई सोइ ॥ कीते कै कहिऐ किआ होइ ॥1॥

आपे सचु भावै तिसु[5] सचु ॥ अंधा कचा[6] कचु निकचु[7] ॥ 1 ॥ रहाउ ॥

जा के रुख बिरख आराउ[8] ॥ जेही धातु[9] तेहा तिन नाउ ॥

फुलु भाउ[10] फलु लिखिआ पाइ ॥ आपि बीजि[11] आपे ही खाइ ॥ 2 ॥

कची कंध[12] कचा विचि राजु[13] ॥ मति अलूणी[14] फिका सादु[15] ॥

नानक आणे आवै रासि ॥ विणु नावै नाही साबासि[16] ॥ 3 ॥

(9)

आखि[17] आखि मनु वावणा[18] जिउ जिउ जापै[19] वाइ ॥

जिस नो वाइ[20] सुणाईऐ सो केवडु कितु थाइ[21] ॥

आखण वाले जेतड़े सभि[22] आखि रहे लिव[23] लाइ ॥ 1 ॥

बाबा अलहु[24] अगम अपारु ॥

पाकी[25] नाई[26] पाक थाइ सचा परवदिगारु[27] ॥ 1 ॥ रहाउ ॥

तेरा हुकमु न जापी केतड़ा[28] लिखि न जाणै कोइ ॥

जे सउ साइर[29] मेलीअहि[30] तिलु न पुजावहि[31] रोइ ॥

कीमति किनै[32] न पाईआ सभि सुणि सुणि आखहि सोइ[33] ॥ 2 ॥

पीर पैकामर सालक सादक सुहदे अउरु सहीद ॥

सेख मसाइक[34] काजी मुला दरि दरवेस रसीद ॥

बरकति तिन कउ अगली पड़दे रहनि दरूद[35] ॥ 3 ॥

---

1. पैदा किया हुआ 2. मन में 3. हाथ में 4. अच्छा लगे 5. उसको 6. कच्चा 7. बिल्कुल कच्चा
8. सजावट 9. सोना, असलियत 10. भावना 11. बीज के 12. दीवार 13. निर्माण करने वाला
14. नमकविहीन 15. स्वाद 16. शाबाशी, आदर 17. कहकर 18. खपाना 19. प्रतीत होता है
20. वायु, ध्वनि 21. जगह 22. सादे 23. लगन 24. अल्लाह 25. पवित्र 26. स्ना (अरबी),
बड़ाई 27. सबका पालन करनेवाला 28. कितना 29. शायर 30. एकत्र किए जाएँ 31. पहुँचना
32. किसी ने भी 33. सूह, ख़बर 34. अनेक शेख़, रसीद पहुँच गए 35. नमाज़ के बाद की दुआ

पुछि न साजे पुछि न ढाहे पुछि न देवै लेइ॥

आपणी कुदरति आपे जाणै आपे करणु[1] करेइ॥

सभना वेखै नदरि करि जै भावै तै देइ॥ 4॥

थावा[2] नाव न जाणीअहि नावा केवडु[3] नाउ॥

जिथै वसै मेरा पातिसाहु सो केवडु है थाउ॥

अम्मबड़ि[4] कोइ न सकई हउ किस नो पुछणि जाउ॥5॥

वरना वरन[5] न भावनी जे किसै वडा करेइ॥

वडे हथि वडिआईआ जै भावै तै देइ॥

हुकमि सवारे आपणै चसा[6] न ढिल करेइ॥ 6॥

सभु को आखै बहुतु बहुतु लैणै कै वीचारि॥

केवडु दाता आखीऐ दे कै रहिआसुमारि॥

नानक तोटि न आवई तेरे जुगह जुगह भंडार॥ 7॥

(10)

आपे[7] गुण आपे कथै[8] आपे सुणि वीचारु॥

आपे रतनु परखि तूं आपे मोलु अपारु॥

साचउ मानु महतु[9] तूं आपे देवणहारु॥1॥

हरि जीउ तूं करता करतारु॥

जिउ भावै तिउ राखु तूं हरि नामु मिलै आचारु॥ 1॥ रहाउ॥

आपे हीरा निरमला आपे रंगु मजीठ॥

आपे मोती ऊजलो[10] आपे भगत बसीठु[11]॥

गुर कै सबदि सलाहणा घटि घटि डीठु[12] अडीठु[13]॥ 2॥

आपे सागरु बोहिथा[14] आपे पारु अपारु॥

साची वाट सुजाणु तूं सबदि लघावणहारु॥

निडरिआ डरु जाणीऐ बाझु गुरू गुबारु[15]॥ 3॥

---

1. सृष्टि 2. स्थान 3. कितना बड़ा 4. पहुँच 5. वर्ण–अवर्ण 6. रत्तीभर समय 7. प्रभु, स्वयं
8. कहता है 9. महत्त्व 10. चमकीला 11. वकील 12. दिखता है 13. अदृष्ट 14. बोहित, जहाज़
15. अँधेरा

असथिरु करता देखीऐ होरु केती आवै जाइ॥

आपे निरमलु एकु तूं होर बंधी धंधै पाइ॥

गुरि राखे से उबरे साचे सिउ लिव लाइ॥ 4 ॥

हरि जीउ सबदि पछाणीऐ साचि रते गुर वाकि॥

तितु[1] तनि मैलु न लगई सच घरि जिसु ओताकु[2]॥

नदरि करे सचु पाईऐ बिनु नावै किआ साकु॥ 5 ॥

जिनी सचु पछाणिआ से सुखीए जुग चारि॥

हउमै त्रिसना मारि कै सचु रखिआ उर धारि॥

जग महि लाहा[3] एकु नामु पाईऐ गुर वीचारि॥ 6 ॥

साचउ वखरु लादीऐ लाभु सदा सचु रासि॥

साची दरगह बैसई[4] भगति सची अरदासि॥

पति सिउ लेखा निबड़ै राम नामु परगासि॥ 7 ॥

ऊचा ऊचउ आखीऐ कहउ[5] न देखिआ जाइ॥

जह देखा तह एकु तूं सतिगुरि दीआ दिखाइ॥

जोति निरंतरि जाणीऐ नानक सहजि सुभाइ[6]॥ 8 ॥

रागु गउड़ी

(11)

भउ[7] मुचु भारा वडा तोलु॥ मन मति[8] हउली[9] बोले बोलु॥

सिरि धरि चलीऐ सहीऐ भारु॥ नदरी[10] करमीगुर बीचारु॥ 1 ॥

भै बिनु कोइ न लंघसि पारि॥ भै भउ राखिआ भाइ सवारि[11]॥ 1 ॥ रहाउ॥

भै तनि अगनि[12] भखै भै[13] नालि॥ भै भउ घड़ीऐ[14] सबदि सवारि॥

भै बिनु घाड़त कचु निकच॥ अंधा सचाअंधी सट[15]॥ 2 ॥

बुधी बाजी[16] उपजै चाउ॥ सहस सिआणप पवै न ताउ[17]॥

नानक मनमुखि बोलणु वाउ॥ अंधा अखरु वाउ दुआउ[18]॥ 3 ॥

---

1. उस 2. बैठक 3. लाभ 4. बैठता है 5. कहता हूँ 6. प्रेम से 7. भय 8. मन के अनुसार चलने
वाली बुद्धि 9. हल्की 10. दृष्टि, कृपा 11. सवार के 12. अग्नि 13. भय 14. बनाइये 15. चोट
16. सांसारिक खेल 17. ताप 18. व्यर्थ, बेकार

(12)

रैणि[1] गवाई सोइ कै दिवसु गवाइआ खाइ॥

हीरे जैसा जनमु है कउडी बदले जाइ॥ 1 ॥

नामु न जानिआ राम का॥ मूड़े फिरि पाछै पछुताहि रे॥ 2 ॥ रहाउ॥

अनता[2] धनु धरणी धरे[3] अनत न चाहिआ जाइ॥

अनत कउ चाहन जो[4] गए से आए अनत गवाइ॥ 3 ॥

आपण लीआ जे मिलै ता सभु को भागटु[5] होइ॥

करमा[6] उपरि निबड़ै[7] जे लोचै[8] सभु कोइ॥ 4 ॥

नानक करणा[9] जिनि कीआ सोई सार करेइ॥

हुकमु न जापी खसम का किसै वडाई देइ[10]॥ 4 ॥

राग आसा

(13)

सुणि वडा आखै सभ कोई॥ केवडु[11] वडा डीठा[12] होई॥

कीमति[13] पाइ न कहिआ जाइ॥ कहणै वाले तेरे रहे समाइ॥ 1 ॥

वडे मेरे साहिबा गहिर ग्मभीरा गुणी गहीरा[14]॥

कोई न जाणै तेरा केता केवडु चीरा[15]॥ 2 ॥ रहाउ॥

सभि सुरती मिलि सुरति कमाई॥ सभ कीमति मिलि कीमति पाई॥

गिआनी[16] धिआनी गुर गुर हाई[17]॥ कहणु न जाई तेरी तिलु[18] वडिआई॥ 3 ॥

सभि सत सभि तप सभि चंगिआईआ[19]॥ सिधा[20] पुरखा कीआ वडिआईआं॥

तुधु विणु सिधी[21] किनै न पाईआ॥ करमि[22] मिलै नाही ठाकि रहाईआ॥ 4 ॥

आखण वाला किआ बेचारा॥ सिफती[23] भरे तेरे भंडारा॥

जिसु तूं देहि तिसै किआ चारा[24]॥ नानक सचु सवारणहारा॥ 5 ॥

---

1. रात्रि 2. अनंत 3. रखता है 4. अगर 5. ख़जाने का मालिक 6. कर्म, आचरण 7. फ़ैसला होता
है, 8. चाह कर 9. जगत, संसार 10. देता है 11. कितना 12. देखने से ही 13. मूल्य 14. गहरा
15. पाट, नदी की चौड़ाई 16. ज्ञानी 17. कई बड़े और प्रसिद्ध 18. रत्तीभर भी 19. अच्छे गुण
20. सिद्ध 21. सिद्धी, सफलता 22. मेहर 23. विशेषता, गुण 24. ज़ोर

(14)

जे दरि[1] मांगतु[2] कूक[3] करे महली[4] खसमु सुणे॥

भावै धीरक[5] भावै धके एक वडाई देइ॥ 1 ॥

जाणहु जोति न पूछहु जाती आगै जाति न हे॥ 1 ॥ रहाउ॥

आपि कराए आपि करेइ॥ आपि उलाम्हे[6] चिति[7] धरेइ॥

जा तूं करणहारु करतारु॥ किआ मुहताजी किआ संसारु॥ 2 ॥

आपि उपाए आपे देइ॥ आपे दुरमति मनहि[8] करेइ॥

गुर परसादि वसै मनि[9] आइ॥ दुखु अन्हेरा विचहु जाइ॥ 3 ॥

साचु पिआरा आपि करेइ॥ अवरी कउ[10] साचु न देइ॥

जे किसै देइ वखाणै[11] नानकु आगै पूछ न लेइ॥ 4 ॥

(15)

जेता[12] सबदु[13] सुरति धुनि तेती[14] जेता रूपु[15] काइआ तेरी॥

तूं आपे रसना आपे बसना अवरु न दूजा कहउ माई[16]॥ 1 ॥

साहिबु मेरा एको[17] है॥ एको है भाई एको है॥ 1 ॥ रहाउ॥

आपे मारे आपे छोडै आपे लेवै देइ॥

आपे वेखै आपे विगसै आपे नदरि करेइ॥ 2 ॥

जो किछुकरणा सो करि रहिआ अवरु न करणा जाई॥

जैसा वरतै[18] तैसो[19] कहीऐ सभ तेरी वडिआई॥ 3 ॥

कलि[20] कलवाली[21] माइआ मदु मीठा मनु मतवाला पीवतु रहै॥

आपे रूप करे बहु भांतीं नानकु बपुड़ा[22] एव कहै॥ 4 ॥

---

1. दरवाज़ा 2. भिखारी 3. पुकार, फ़रियाद 4. महल का मालिक 5. धीरज 6. शिकायतें, उपालंभ
7. चित्त 8. रोकता, मना करना 9. मन में 10. दूसरे लोगों के 11. बखान करता है 12. जितना
ही 13. आवाज़ 14. तेरी 15. आकार 16. माँ 17. एक ही 18. व्यवहार करता है 19. वैसा ही
20. विवादवाला स्वभाव 21. कलालन, शराब बेचनेवाली 22. बेचारा

(16)

पउणु[1] उपाइ[2] धरी[3] सभ धरती जल अगनी का बंधु[4] कीआ ॥

अंधुलै[5] दहसिरि[6] मूंडु[7] कटाइआ रावणु मारि[8] किआ वडा भइआ ॥ 1 ॥

किआ उपमा[9] तेरी आखी जाइ ॥ तूं सरबे पूरि रहिआ लिव[10] लाइ ॥ 1 ॥ रहाउ ॥

जीअ उपाइ जुगति हथि कीनी[11] काली नथि[12] किआ वडा भइआ ॥

किसु तूं पुरखु[13] जोरू[14] कउण कहीऐ सरब निरंतरि रवि रहिआ ॥ 2 ॥

नालि[15] कुट्मबु साथि वरदाता ब्रह्मा भालण त्रिसटि गइआ ॥

आगै अंतु न पाइओ ता का कंसु[16] छेदि किआ वडा भइआ ॥ 3 ॥

रतन उपाइ धरे खीरु[17] मथिआ होरि[18] भखलाए जि असी कीआ ॥

कहै नानकु छपै किउ छपिआ एकी एकी वंडि दीआ ॥ 4 ॥

रागु सोरठि

(17)

सभना मरणा[19] आइआ[20] वेछोड़ा[21] सभनाह ॥

पुछहु जाइ सिआणिआ आगै मिलणु किनाह[22] ॥

जिन मेरा साहिबु वीसरै वडड़ी वेदन[23] तिनाह ॥ 1 ॥

भी[24] सालाहिहु साचा सोइ ॥ जा की[25] नदरि सदा सुखु होइ ॥ रहाउ ॥

वडा करि[26] सालाहणा है भी होसी सोइ ॥

सभना दाता एकु तू माणस दाति न होइ ॥

जो तिसु भावै सो थीऐ रंन कि रुनै होइ ॥ 2 ॥

धरती उपरि कोट[27] गढ़[28] केती गई वजाइ[29] ॥

जो असमानि[30] न मावनी[31] तिन नकि[32] नथा पाइ[33] ॥

जे मन जाणहि सूलीआ[34] काहे[35] मिठा खाहि[36] ॥ 3 ॥

---

1. पवन 2. उत्पन्न की, पैदा की 3. टिकाई 4. मेल 5. अंधे ने 6. रावण 7. सिर 8. मारकर
9. महिमा 10. लगन 11. अपने हाथ में रखी हुई 12. नाथ कर 13. पति 14. स्त्री 15. कमलदंड
16. कृष्ण के मामा का नाम 17. समुद्र 18. दैत्य और देवता 19. मृत्यु 20. आभा, पैदा हुआ
21. बिछोह, वियोग 22. कौन 23. पीड़ा 24. बार-बार 25. जिसकी 26. बड़ा करके 27. क़िले
की दीवार 28. क़िला 29. बजाकर 30. आकाश तक 31. नहीं आते 32. उनके नाम में 33. नाथ
डालता है 34. कष्ट 35. क्यों 36. मीठा खाता है

नानक अउगुण जेतड़े तेते गली[1] जंजीर॥

जे गुण होनि त कटीअनि[2] से[3] भाई से वीर॥

अगै गए न मंनीअनि[4] मारि कढहु वेपीर[5]॥ 4॥

रागु धनासरी

(18)

गगन मै[6] थालु रवि[7] चंदु दीपक बने तारिका मंडल जनक[8] मोती॥

धूपु मलआनलो[9] पवणु चवरो करे सगल बनराइ[10] फूलंत[11] जोती[12]॥ 1॥

कैसी आरती होइ भव खंडना[13] तेरी आरती॥

अनहता[14] सबद वाजंत भेरी[15]॥1॥ रहाउ॥

सहस[16] तव[17] नैन नन[18] नैन है तोहि कउ सहस मूरति नना[19] एक तोही[20]॥

सहस पद[21] बिमल नन एक पद गंध बिनु सहस तव गंध इव[22] चलत[23] मोही॥ 2॥

सभ महि जोति जोति है सोइ॥ तिस कै चानणि[24] सभ महि चानणु होइ॥

गुर साखी[25] जोति परगटु होइ॥ जो तिसु भावै सु आरती होइ॥ 3॥

हरि चरण कमल मकरंद[26] लोभित मनो[27] अनदिनो मोहि आही पिआसा॥

क्रिपा जलु देहि नानक सारिंग[28] कउ होइ जा ते तैरै नामि[29] वासा॥ 4॥

---

1. बातों से 2. काटे जाते हैं 3. यही 4. माने जाते हैं 5. बिना मुर्शिद (गुरु) के 6. गगनमय
7. रवि 8. जैसा, मानो 9. मलयानिल 10. वनस्पति 11. फूल दे रही है 12. ज्योति 13. जन्म-मरण
के बंधन काटनेवाला, प्रभु 14. बिना बजाए बजने वाली ध्वनि, आनंद 15. नगाड़ा 16. हज़ारों
17. तेरे 18. कोई नहीं 19. कोई नहीं 20. तेरी 21. पैर 22. इस तरह 23. चरित्र, फ़रिश्ते
24. प्रकाश, आलोक 25. शिक्षा 26. पराग 27. मन 28. पपीहा 29. नाम में

रागु बसंतु

(19)

रुति[1] आईले[2] सरस[3] बसंत माहि ॥

रंगि राते[4] रवहि सि[5] तेरै चाइ[6] ॥ किसु पूज चड़ावउ[7] लगउ पाइ[8] ॥ 1 ॥

तेरा दासनि दासा कहउ राइ ॥ जगजीवन जुगति न मिलै काइ ॥ 1 ॥ रहाउ ॥

तेरी मूरति एका बहुतु रूप ॥ किसु पूज चड़ावउ देउ धूप ॥

तेरा अंतु न पाइआ कहा पाइ[9] ॥ तेरा दासनि दासा कहउ राइ ॥ 2 ॥

तेरे सठि संबति[10] सभि[11] तीरथा ॥ तेरा सचु नामु परमेसरा ॥

तेरी गति[12] अविगति नही जाणीऐ ॥ अणजाणत नामु वखाणीऐ ॥ 3 ॥

नानकु वेचारा[13] किआ कहै ॥ सभु लोकु सलाहे एकसै[14] ॥

सिरु नानक लोका[15] पाव[16] है ॥ बलिहारी जाउ जेते[17] तेरे नाव है ॥ 4 ॥

रागु प्रभाती

(20)

आवतु[18] किनै न राखिआ जावतु[19] किउ राखिआ जाइ ॥

जिस ते[20] होआ[21] सोई[22] परु जाणै[23] जां उस ही माहि समाइ ॥ 1 ॥

तूहै है वाहु[24] तेरी रजाइ ॥

जो किछु करहि सोई परु होइबा[25] अवरु न करणा जाइ ॥ 1 ॥ रहाउ ॥

जैसे हरहट[26] की माला टिंड लगत है इक सखनी होर फेर[27] भरीअत है ॥

तैसो ही इहु खेलु खसम का जिउ उस की वडिआई ॥ 2 ॥

सुरती कै मारगि चलि कै उलटी नदरि प्रगासी ॥

मनि वीचारि देखु ब्रह्म गिआनी कउनु गिरही[28] कउनु उदासी ॥ 3 ॥

जिस की आसा तिस ही सउपि कै एहु रहिआ निरबाणु ॥

जिस ते होआ सोई करि मानिआ[29] नानक गिरही उदासी सो परवाणु[30] ॥ 4 ॥

---

1. ऋतु 2. आयी है 3. रस सहित 4. रंगे हुए अनुरक्त 5. वे 6. चाव में 7. चढ़ाऊँ 8. पाँव
9. पाया जा सकता है 10. ब्रह्मा, विष्णु और शिव की तीन बीसियाँ 11. सारे 12. हालत
13. बेचारा 14. केवल एक 15. लोग 16. पैरों पर 17. जितने भी 18. आता हुआ 19. जाता हुआ
20. जिससे 21. पैदा हुआ 22. वही 23. अच्छी तरह जानता है 24. आश्चर्य 25. जरूर होगा 26. रहट
27. दोबारा 28. गृहस्थी 29. मान लिया 30. स्वीकृति, परवाना

तेरा भाणा सभु किछु होवै

सिरीरागु

(1)

सभि रस मिठे मंनिऐ[1] सुणिऐ[2] सालोणे[3] ॥

खट तुरसी[4] मुखि बोलणा मारण नाद कीए ॥

छतीह अमृत भाउ एकु जा कउ नदरि करेइ ॥ 1 ॥

बाबा होरु खाणा खुसी खुआरु[5] ॥

जितु[6] खाधै तनु पीड़ीऐ[7] मन महि चलहि विकार ॥ 1 ॥ रहाउ ॥

रता पैनणु मनु रता सुपेदी सतु[8] दानु ॥

नीली[9] सिआही[10] कदा करणी[11] पहिरणु[12] पैर धिआनु ॥

कमरबंदु संतोख का धनु जोबनु तेरा नामु ॥ 2 ॥

बाबा होरु पैनणु खुसी खुआरु ॥

जितु पैधै तनु पीड़ीऐ मन महि चलहि विकार ॥ 1 ॥ रहाउ ॥

घोड़े पाखर[13] सुइने साखति[14] बूझणु तेरी वाट[15] ॥

तरकस तीर कमाण सांग[16] तेगबंद[17] गुण धातु[18] ॥

वाजा नेजा पति सिउ परगटु करमु तेरा मेरी जाति ॥ 3 ॥

बाबा होरु चड़णा खुसी खुआरु ॥

जितु चड़िऐतनु पीड़ीऐ मन महि चलहि विकार ॥ 1 ॥ रहाउ ॥

---

1. मान जाए 2. सुन ले 3. नमकीन 4. खट्टे, तुर्श 5. जलील 6. जिसके द्वारा 7. पीड़ा होती है 8. दान 9. नीली पोशाक 10. स्याही, कालिख 11. काट देती 12. पहनने वाला चोगा 13. काठी 14. दुमची, घोड़े की सज्जा का एक उपकरण 15. मार्ग 16. बरछी 17. तलवार बाँधने का लंबा पट्टा 18. दौड़-भाग

घर मंदर खुसी नाम की नदरि तेरी परवारु॥

हुकमु सोई तुधु भावसी होरु आखणु बहुतु अपारु॥

नानक सचा पातिसाहु पूछि न करे बीचारु॥4॥

बाबा होरु सउणा[1] खुसी खुआरु॥

जितु सुतै तनु पीड़ीऐ मन महि चलहि विकार॥ 1 ॥ रहाउ॥

(2)

धातु[2] मिलै फुनि धातु कउ सिफती[3] सिफति समाइ॥

लालु गुलालु[4] गहबरा[5] सचा रंगु चड़ाउ॥

सचु मिलै संतोखीआ हरि जपि एकै भाइ[6]॥ 1 ॥

भाई रे संत जना की रेणु[7]॥

संतसभा गुरु पाईऐ मुकति पदार्थु धेणु[8]॥ 1 ॥ रहाउ॥

ऊचउ थानु सुहावणा ऊपरि महलु मुरारि॥

सचु करणी[9] दे पाईऐ दरु[10] घरु महलु पिआरि॥

गुरमुखि मनु समझाईऐ आतम रामु बीचारि॥ 2 ॥

त्रिबिधि[11] करम कमाईअहि आस अंदेसा होइ॥

किउ गुर बिनु त्रिकुटी[12] छुटसी सहजि मिलिऐ सुखु होइ॥

निज घरि महलु पछाणीऐ नदरि करे मलु धोइ॥ 3 ॥

बिनु गुर मैलु न उतरै बिनु हरि किउ घर वासु[13]॥

एको सबदु वीचारीऐ अवर तिआगै आस॥

नानक देखि दिखाईऐ हउ सद बलिहारै जासु[14]॥ 4 ॥

---

1. सांसारिक आनंद 2. सोने आदि से बना हुआ गहना 3. विशेषताओं से युक्त, परमात्मा 4. लाल फूल 5. गाढ़ा 6. भाव में, प्रेम में 7. धूल 8. गाय 9. आचरण 10. दरवाज़ा 11. तीन (सत, रज और तम) गुणों वाले 12. मस्तक का एक स्थान 13. बसेरा 14. जाता है

(3)

हरि हरि जपहु पिआरिआ गुरमति ले[1] हरि बोलि[2] ॥

मनु सच कसवटी[3] लाईऐ[4] तुलीऐ[5] पूरै तोलि ॥

कीमति किनै[6] न पाईऐ रिद[7] माणक मोलि अमोलि ॥1॥

भाई रे हरि हीरा गुर माहि ॥

सतसंगति सतगुरु पाईऐ अहिनिसि सबदि सलाहि[8] ॥1॥ रहाउ ॥

सचु वखरु धनु रासि लै पाईऐ गुर परगासि ॥

जिउ अगनि मरै जलि[9] पाइऐ[10] तिउ त्रिसना दासनि दासि ॥

जम जंदारु[11] न लगई इउ भउजलु तरै तरासि[12] ॥ 2 ॥

गुरमुखि कूड़ु न भावई सचि रते सच भाइ[13] ॥

साकत सचु न भावई कूड़ै कूड़ी पांइ ॥

सचि रते गुरि मेलिऐ[14] सचे सचि समाइ[15] ॥ 3 ॥

मन महि माणकु लालु नामु रतनु पदार्थु हीरु ॥

सचु वखरु धनु नामु है घटि घटि गहिर गंभीरु ॥

नानक गुरमुखि पाईऐ दइआ करे हरि हीरु ॥ 4 ॥

(4)

भाई रे रामु कहहु चितु लाइ ॥

हरि जसु[16] वखरु लै चलहु सहु[17] देखै पतीआइ[18] ॥ 1 ॥ रहाउ ॥

जिना रासि न सचु है किउ तिना सुखु होइ ॥

खोटै वणजि वणंजिऐ[19] मनु तनु खोटा होइ ॥

फाही फाथे मिरग[20] जिउ दूखु घणो[21] नित रोइ[22] ॥ 2 ॥

---

1. लेकर 2. उच्चारण कर 3. कसौटी 4. लगाया जाता है 5. तुलता है 6. किसी ने भी 7. हृदय 8. सराहना करो 9. जल से 10. पिलाइए, डालिए 11. चांडाल 12. तैर जाता है 13. भाव में, प्रेम में 14. मिला दे 15. लीन होना 16. यश, शोभा 17. पति, प्रभु 18. विश्वास करके 19. व्यापार करें 20. हिरण 21. बहुत 22. रोता है

खोटे पोतै[1] ना पवहि तिन हरि गुर दरसु न होइ॥

खोटे जाति न पति है खोटि[2] न सीझसि कोइ॥

खोटे खोटु कमावणा आइ गइआ पति खोइ[3] ॥ 3 ॥

नानक मनु समझाईऐ गुर कै सबदि सालाह[4] ॥

राम नाम रंगि रतिआ भारु न भरमु तिनाह॥

हरि जपि लाहा[5] अगला निरभउ हरि मन माह॥ 4 ॥

रागु गउड़ी

(5)

डरि[6] घरु[7] घरि[8] डरु डरि डरु जाइ[9] ॥ सो डरु केहा जितु डरि डरु पाइ॥

तुधु बिनु दूजी नाही जाइ॥ जो किछु वरतै[10] सभ तेरी रजाइ॥ 1 ॥

डरीऐ जे डरु होवै होरु[11] ॥ डरि डरि डरणा मन का सोरु[12] ॥ 2 ॥ रहाउ॥

ना जीउ मरै न डूबै तरै॥ जिनि किछु कीआ सो किछु करै॥

हुकमे आवै[13] हुकमे जाइ[14] ॥ आगै पाछै हुकमि समाइ॥ 3 ॥

हंसु[15] हेतु[16] आसा असमानु॥ तिसु विचि भूख[17] बहुतु नै[18] सानु[19] ॥

भउ खाणा पीणा आधारु[20] ॥ विणु खाधे मरि[21] होहि गवार[22] ॥ 4 ॥

जिस का कोइ कोई कोइ कोइ॥ सभु को तेरा तूं सभना का सोइ॥

जा के जीअ जंत धनु मालु॥ नानक आखणु बिखमु बीचारु॥ 5 ॥

(6)

किरतु[23] पइआ नह मेटै कोइ॥ किआ जाणा किआ आगै होइ॥

जो तिसु भाणा सोई हूआ॥ अवरु न करणै वाला दूआ॥ 1 ॥

ना जाणा करम केवड[24] तेरी दाति[25] ॥ करमु धरमु तेरे नाम की जाति॥ 1 ॥ रहाउ॥

---

1. ख़जाने में 2. खोट से 3. खोकर 4. महिमा, सराहना 5. नफ़ा 6. डर से 7. प्रभु का घर 8. घर में 9. जगह 10. व्यवहार करता है 11. कोई और 12. शोर 13. आता है 14. जाता है 15. हिंसा 16. प्रेम, मोह 17. तृष्णा 18. नदी 19. की तरह 20. आधार 21. मरकर 22. मूर्ख 23. कृत्य, किया हुआ काम 24. कितनी 25. दान, कृपा

तू एवडु[1] दाता देवणहारु ॥ तोटि नाही तुधु भगति भंडार ॥

कीआ गरबु न आवै रासि[2] ॥ जीउ पिंडु[3] सभु तेरै पासि ॥ 2 ॥

तू मारि जीवालहि[4] बखसि मिलाइ ॥ जिउ भावी तिउ नामु जपाइ ॥

तूं दाना[5] बीना[6] साचा सिरि[7] मेरै ॥ गुरमति देइ[8] भरोसै तेरै ॥ 3 ॥

तन महि मैलु नाही मनु राता[9] ॥ गुर बचनी सचु सबदि पछाता ॥

तेरा ताणु[10] नाम की वडिआई ॥ नानक रहणा भगति सरणाई ॥ 4 ॥

(7)

कत[11] की माई बापु कत केरा[12] किदू[13] थावहु[14] हम आए ॥

अगनि बिंब[15] जल[16] भीतरि निपजे[17] काहे कमि[18] उपाए ॥ 1 ॥

मेरे साहिबा कउणु जाणै गुण तेरे ॥

कहे न जानी अउगण मेरे ॥ 1 ॥ रहाउ ॥

केते रुख बिरख हम चीने[19] केते पसू उपाए ॥

केते नाग कुली महि आए केते पंख उडाए ॥ 2 ॥

हट पटण बिज[20] मंदर भंनै करि चोरी घरि आवै ॥

अगहु देखै पिछहु देखै तुझ ते कहा छपावै ॥ 3 ॥

तट तीर्थ हम नव खंड देखे हट पटण[21] बाजारा ॥

लै कै तकड़ी तोलणि लागा घट ही महि वणजारा ॥ 4 ॥

जेता समुंदु सागरु नीरि[22] भरिआ तेते[23] अउगण हमारे ॥

दइआ करहु किछु मिहर उपावहु डुबदे पथर तारे ॥ 5 ॥

जीअड़ा अगनि बराबरि तपै भीतरि वगै[24] काती ॥

प्रणवति नानकु हुकमु पछाणै सुखु होवै दिनु राती ॥ 6 ॥

---

1. इतना बड़ा 2. रास आना, पसंद आना 3. शरीर 4. जीवित रखे 5. जानने वाला 6. देखनेवाला
7. सिर पर 8. देकर 9. रंगा हुआ 10. ताक़त 11. कब 12. का 13. किससे 14. जगह से
15. जठराग्नि 16. पिता का वीर्य 17. उत्पन्न 18. काम 19. देखे 20. पक्के 21. शहर 22. पानी
23. उतने 24. चल रही है

रागु आसा

(8)

कउ कहहि सुणावहि किस कउ किसु समझावहि समझि[1] रहे॥
किसै पड़ावहि पड़ि गुणि बूझे सतिगुर सबदि संतोखि[2] रहे॥ 1 ॥
ऐसा गुरमति रमतु[3] सरीरा॥ हरि भजु मेरे मन गहिर गंभीरा॥ 1 ॥ रहाउ॥
अनत तरंग भगति हरि रंगा[4]॥ अनदिनु सूचे हरि गुण संगा॥
मिथिआ जनमु साकत[5] संसारा॥ राम भगति जनु[6] रहै निरारा॥ 2 ॥
सूची[7] काइआ[8] हरि गुण गाइआ॥ आतमु चीनि[9] रहै लिव लाइआ॥
आदि अपारु अपर्मपरु हीरा॥ लालि रता मेरा मनु धीरा॥ 3 ॥
कथनी कहहि कहहि से मूए॥ सो प्रभु दूरि नाही प्रभु तूं है॥
सभु जगु देखिआ माइआ छाइआ[10]॥ नानक गुरमति नामु धिआइआ॥ 4 ॥

तितुका[11]—रागु आसा

(9)

कोई भीखकु[12] भीखिआ खाइ॥ कोई राजा रहिआ समाइ॥
किस ही मानु किसै अपमानु॥ ढाहि उसारे[13] धरे धिआनु॥
तुझ ते[14] वडा नाही कोइ॥ किसु वेखाली[15] चंगा होइ॥ 1 ॥
मै तां नामु तेरा आधारु[16]॥ तूं दाता करणहारु[17] करतारु॥ 1 ॥ रहाउ॥
वाट न पावउ वीगा[18] जाउ॥ दरगह बैसण[19] नाही थाउ॥
मन का अंधुला माइआ का बंधु॥ खीन[20] खराबु होवै नित कंधु[21]॥
खाण जीवण की बहुती आस॥ लेखै तेरै सास गिरास॥ 2 ॥
अहिनिसि अंधुले दीपकु देइ॥ भउजल डूबत चिंत[22] करेइ॥
कहहि सुणहि जो मानहि नाउ॥ हउ बलिहारै ता कै जाउ॥
नानकु एक कहै अरदासि॥ जीउ[23] पिंडु सभु तेरै पासि॥ 3 ॥

---

1. ज्ञानवान 2. संतोष में 3. रमता है, व्यापक है 4. प्रेम 5. माया में लिप्त 6. दास, सेवक 7. पवित्र
8. काया, शरीर 9. पहचान कर 10. छाया, परछाई 11. ऐसा पद जिसके हर बंद में तीन तुकें हैं
12. भिखारी 13. गिरा कर बनाता है 14. से 15. दिखा सकता है 16. आधार 17. करने में सक्षम
18. टेढ़ा 19. बैठने के लिए 20. क्षीण, कमज़ोर 21. शरीर 22. चिंता 23. जीव

जां तूं देहि जपी तेरा नाउ ॥ दरगह बैसण होवै थाउ ॥

जां तुधु भावै ता दुरमति जाइ ॥ गिआन रतनु मनि वसै आइ ॥

नदरि करे ता सतिगुरु मिलै ॥ प्रणवति[1] नानकु भवजलु तरै ॥ 4 ॥

(10)

दुध बिनु धेनु[2] पंख बिनु पंखी जल बिनु उतभुज[3] कामि[4] नाही ॥

किआ सुलतानु सलाम विहूणा[5] अंधी कोठी तेरा नामु नाही ॥ 1 ॥

की विसरहि[6] दुखु बहुता लागै ॥ दुखु लागै तूं विसरु नाही ॥ 1 ॥ रहाउ ॥

अखी अंधु जीभ रसु[7] नाही कंनी पवणु न वाजै[8] ॥

चरणी चलै पजूता[9] आगै विणु सेवा फल लागे ॥ 2 ॥

अखर[10] बिरख[11] बाग भुइ[12] चोखी[13] सिंचित भाउ[14] करेहि ॥

सभना फलु लागै नामु एको बिनु करमा कैसे लेहि ॥ 3 ॥

जेते जीअ तेते सभि तेरे विणु सेवा फलु किसै नाही ॥

दुखु सुखु भाणा[15] तेरा होवै विणु नावै जीउ रहै नाही ॥ 4 ॥

मति विचि मरणु जीवणु होरु कैसा जा जीवा तां जुगति नाही ॥

कहै नानकु जीवाले जीआ जह भावै तह राखु तुही ॥ 5 ॥

(11)

काची[16] गागरि[17] देह दुहेली[18] उपजै बिनसै दुखु पाई ॥

इहु जगु सागरु दुतरु[19] किउ तरीऐ बिनु हरि गुर पारि न पाई ॥ 1 ॥

तुझ बिनु अवरु न कोई मेरे पिआरे तुझ बिनु अवरु न कोइ हरे ॥

सरबी रंगी रूपी तूंहै तिसु बखसे जिसु नदरि करे ॥ 1 ॥ रहाउ ॥

सासु बुरी[20] घरि वासु न देवै पिर सिउ मिलण न देइ बुरी ॥

सखी साजनी के हउ चरन सरेवउ[21] हरि गुर किरपा ते नदरि धरी ॥ 2 ॥

---

1. प्रार्थना करता है 2. गाय 3. वनस्पति 4. काम में 5. विहीन 6. भूलता है 7. स्वाद 8. बजती 9. पकड़ा हुआ 10. अक्षर 11. वृक्ष 12. धरती 13. स्वच्छ 14. प्रेम, भाव 15. अच्छा लगना, सहमति 16. कच्ची 17. मटकी 18. दुःखी 19. जिसे तैर कर पार करना मुश्किल हो 20. बुरे स्वभाव वाली 21. सेवा करती हूँ

आपु बीचारि मारि[1] मनु देखिआ तुम सा मीतु न अवरु कोई ॥
जिउ तूं राखहि तिव ही रहणा दुखु सुखु देवहि करहि सोई ॥ 3 ॥
आसा मनसा दोऊ बिनासत त्रिहु गुण आस निरास भई ॥
तुरीआवसथा गुरमुखि पाईऐ संत सभा की ओट लही ॥ 4 ॥
गिआन धिआन सगले सभि जप तप जिसु हरि हिरदै अलख अभेवा ॥
नानक राम नामि मनु राता गुरमति पाए सहज सेवा ॥ 5 ॥

(12)

आपि करे सचु[2] अलख[3] अपारु ॥ हउ पापी तूं बखसणहारु ॥ 1 ॥
तेरा भाणा[4] सभु किछु होवै ॥ मन हठि[5] कीचै अंति[6] विगोवै[7] ॥ 1 ॥ रहाउ ॥
मनमुख[8] की मति कूड़ि[9] विआपी ॥ बिनु हरि सिमरण पापि संतापी[10] ॥ 2 ॥
दुरमति[11] तिआगि[12] लाहा[13] किछु लेवहु ॥ जो उपजै सो अलख अभेवहु[14] ॥ 3 ॥
ऐसा हमरा सखा सहाई ॥ गुर हरि मिलिआ भगति द्रिड़ाई ॥ 4 ॥
सगलीं सउदीं तोटा आवै ॥ नानक राम नामु मनि भावै ॥ 5 ॥

(13)

न किस का पूतु[15] न किस की माई[16] ॥ झूठै मोहि[17] भरमि भुलाई ॥ 1 ॥
मेरे साहिब हउ कीता[18] तेरा ॥ जां तूं देहि जपी[19] नाउ तेरा ॥ 1 ॥ रहाउ ॥
बहुते अउगण कूकै[20] कोई ॥ जा तिसु भावै[21] बखसे सोई ॥ 2 ॥
गुर परसादी दुरमति खोई ॥ जह[22] देखा तह एको सोई ॥ 3 ॥

---

1. मार कर 2. सदा क़ायम रहने वाला 3. अलक्ष्य, परमात्मा 4. अच्छा 5. हठ से 6. अंत में
7. नष्ट होना 8. मन के अनुसार चलने वाला 9. झूठ 10. संताप करनेवाली, दुःखी 11. कुबुद्धि
12. छोड़कर 13. लाभ 14. अभेद से 15. पुत्र 16. माता 17. मोह में 18. किया हुआ, रचना हुआ
19. जपता हूँ 20. पुकार करता है 21. अच्छा लगे 22. जहाँ

(14)

पुड़[1] धरती पुड़ु पाणी[2] आसणु[3] चारि कुंट[4] चउबारा ॥

सगल भवण[5] की मूरति एका मुखि[6] तेरै टकसाला ॥ 1 ॥

मेरे साहिबा तेरे चोज[7] विडाणा ॥

जलि थलि महीअलि[8] भरिपुरि लीणा आपे सरब समाणा ॥ रहाउ ॥

जह जह देखा तह जोति तुमारी तेरा रूपु किनेहा[9] ॥

इकतु रूपि[10] फिरहि परछंना कोइ न किस ही जेहा ॥ 2 ॥

अंडज[11] जेरज[12] उतभुज[13] सेतज[14] तेरे कीते जंता ॥

एकु पुरबु[15] मै तेरा देखिआ तू सभना माहि रवंता[16] ॥ 3 ॥

तेरे गुण बहुते मै एकु न जाणिआ मै मूरख किछु दीजै ॥

प्रणवति नानक सुणि मेरे साहिबा डुबदा पथरु लीजै[17] ॥ 4 ॥

(15)

हउ[18] पापी पतितु परम पाखंडी तू निरमलु निरंकारी ॥

अमृतु चाखि परम रसि[19] राते ठाकुर सरणि तुमारी ॥ 1 ॥

करता तू मै माणु निमाणे ॥

माणु महतु[20] नामु धनु पलै साचै सबदि समाणे ॥ रहाउ ॥

तू पूरा हम ऊरे[21] होछै[22] तू गउरा[23] हम हउरे[24] ॥

तुझ ही मन राते अहिनिसि परभाते हरि रसना[25] जपि मन रे ॥ 2 ॥

तुम साचे हम तुम ही राचे सबदि भेदि फुनि[26] साचे ॥

अहिनिसि नामि[27] रते से सूचे मरि जनमे से काचे[28] ॥ 3 ॥

अवरु न दीसै किसु सालाही[29] तिसहि सरीकु[30] न कोई ॥

प्रणवति नानकु दासनि दासा गुरमति जानिआ सोई ॥ 4 ॥

---

1. चक्की का पाट 2. बादल 3. निवास स्थान 4. कूट, पासा 5. भवन 6. श्रेष्ठ 7. करिश्मा
8. धरती तल पर 9. कैसा 10. एक रूप 11. अंडे से उत्पन्न 12. गर्भ से उत्पन्न 13. पानी से
उत्पन्न 14. पसीने से उत्पन्न 15. असाधारण, आश्चर्यजनक 16. रमा हुआ 17. निकाल ले, पा
ले 18. मैं 19. रस में 20. महत्त्व, बड़ाई 21. छोटे 22. छोटी सीमावाले 23. गंभीर 24. हल्के
25. जीभ 26. पुनः, वापस 27. नाम में 28. कच्चे 29. महिमा 30. बराबर का

साची प्रीति न तुटई

सिरीरागु

(1)

धिग्गु[1] जीवणु दोहागणी[2] मुठी दूजै भाइ[3] ॥

कलर केरी[4] कंध जिउ अहि[5] निसि किरि[6] ढहि पाइ ॥

बिनु सबदै सुखु ना थीऐ पिर बिनु दूखु न जाइ ॥ 1 ॥

मुंधे[7] पिर बिनु किआ सीगारु ॥

दरि घरि ढोई[8] न लहै दरगह झूठु खुआरु ॥ 1 ॥ रहाउ ॥

आपि सुजाणु[9] न भुलई सचा वड किरसाणु ॥

पहिला धरती साधि कै[10] सचु नामु दे दाणु[11] ॥

नउ निधि उपजै नामु एकु करमि पवै नीसाणु[12] ॥ 2 ॥

गुर कउ जाणि न जाणई किआ तिसु चजु अचारु[13] ॥

अंधुलै[14] नामु विसारिआ मनमुखि[15] अंध गुबारु[16] ॥

आवणु जाणु न चुकई[17] मरि जनमै होइ खुआरु ॥ 3 ॥

चंदनु मोलि[18] अणाइआ[19] कुंगू मांग संधूरु ॥

चोआ[20] चंदनुबहु घणा पाना नालि कपूरु ॥

जे धन[21] कंति न भावई त सभि अड्मबर कूड़ु ॥ 4 ॥

सभि रस भोगण बादि[22] हहि सभि सीगार विकार ॥

जब लगु सबदि न भेदीऐ किउ सोहै गुरदुआरि ॥

नानक धंनु सुहागणी जिन सह नालि[23] पिआरु ॥ 5 ॥

---

1. धिक्कार योग्य 2. जिसके पति ने दूसरी स्त्री से विवाह कर लिया है, पति से उपेक्षित और अलग 3. अच्छा लगता है 4. की 5. दिन 6. झड़ना 7. मुग्धे 8. आसरा, सहारा 9. चतुर, सयाना 10. साफ़ करके 11. दाना 12. परवाना, राहदारी 13. रवैया 14. अंधे ने 15. मन की ओर उन्मुख 16. जिसके सामने घना अँधेरा हो 17. ख़त्म नहीं होता 18. मूल्य देकर 19. मँगाया 20. इत्र 21. स्त्री 22. व्यर्थ 23. साथ

(2)

इकु तिलु[1] पिआरा वीसरै रोगु वडा मन माहि[2] ॥

किउ दरगह पति[3] पाईऐ जा हरि न वसै मन माहि ॥

गुरि मिलिऐ सुखु पाईऐ अगनि[4] मरै गुण माहि ॥ 1 ॥

मन रे अहिनिसि[5] हरि गुण सारि[6] ॥

जिन खिनु पलु नामु न वीसरै ते जन विरले संसारि ॥ 1 ॥ रहाउ ॥

जोती जोति[7] मिलाईऐ सुरती सुरति[8] संजोगु ॥

हिंसा हउमै गतु[9] गए नाही सहसा सोगु ॥

गुरमुखि जिसु हरि मनि[10] वसै तिसु मेले गुरु संजोगु[11] ॥ 2 ॥

काइआ[12] कामणि जे करी भोगे भोगणहारु ॥

तिसु सिउ नेहु न कीजई जो दीसै चलणहारु ॥

गुरमुखि रवहि सोहागणी सो प्रभु सेज भतारु ॥ 3 ॥

चारे अगनि निवारि मरु गुरमुखि हरि जलु पाइ ॥

अंतरि कमलु प्रगासिआ अम्रितु भरिआ अघाइ[13] ॥

नानक सतगुरु मीतु करि सचु पावहि दरगह जाइ ॥ 4 ॥

(3)

सभे कंत[14] महेलीआ[15] सगलीआ करहि सीगारु ॥

गणत गणावणि आईआ सूहा[16] वेसु[17] विकारु ॥

पाखंडि[18] प्रेमु न पाईऐ खोटा पाजु[19] खुआरु ॥ 1 ॥

हरि जीउ इउ पिरु रावै[20] नारि ॥

तुधु[21] भावनि सोहागणी अपणी किरपा लैहि सवारि ॥ 1 ॥ रहाउ ॥

गुर सबदि सीगारीआ[22] तनु मनु पिर कै पासि ॥

दुइ कर जोड़ि खड़ी तकै सचु कहै अरदासि ॥

लालि[23] रती सच भै वसी भाइ रती रंगि रासि[24] ॥ 2 ॥

---

1. थोड़ा सा, रत्ती भर 2. में 3. इज़्ज़त 4. आग 5. दिन रात 6. सँभालकर 7. ज्योति 8. प्रेम, ध्यान 9.गया 10. मन में 11. अवसर, मौका 12. काया 13. तृप्त 14. पति 15. स्त्रियाँ 16. लाल रंग 17. पहिरावा 18. पाखंड से 19. दिखावा 20. मिलता है 21. तुझे 22. शृंगार किया 23. लाल में, प्रेम में 24. रसी हुई

प्रिअ की चेरी कांढीऐ[1] लाली[2] मानै नाउ॥

साची प्रीति न तुटई साचे मेलि मिलाउ॥

सबदि रती मनु वेधिआ हउ सद बलिहारै जाउ॥ 3 ॥

सा धन रंड न बैसई जे सतिगुर माहि समाइ॥

पिरु रीसालू नउतनो[3] साचउ मरै न जाइ॥

नित रवै सोहागणी साची नदरि रजाइ॥ 4 ॥

साचु धड़ी[4] धन माडीऐ कापडु प्रेम सीगारु॥

चंदनु चीति वसाइआ मंदरु दसवा दुआरु॥

दीपकु सबदि विगासिआ राम नामु उर हारु[5] ॥ 5 ॥

नारी अंदरि सोहणी मसतकि मणी पिआरु॥

सोभा सुरति सुहावणी साचै प्रेमि अपार॥

बिनु पिर पुरखु न जाणई साचे गुर कै हेति पिआरि॥ 6 ॥

निसि अंधिआरी सुतीए किउ पिर बिनु रैणि विहाइ॥

अंकु जलउ तनु जालीअउ[6] मनु धनु जलि बलि जाइ॥

जा[7] धन कंति[8] न रावीआ[9] ता बिरथा जोबनु जाइ॥ 7 ॥

सेजै कंत महेलड़ी[10] सूती बूझ न पाइ॥

हउ सुती पिरु जागणा किस कउ पूछउ जाइ॥

सतिगुरि मेली भै वसी नानक प्रेमु सखाइ[11] ॥ 8 ॥

(4)

माता मति[12] पितासंतोखु॥ सतु[13] भाई करि एहु विसेखु[14] ॥ 1 ॥

कहणा है किछु कहणु न जाइ॥ तउ[15] कुदरति कीमति नही पाइ॥ 1 ॥ रहाउ॥

सरम[16] सुरति दुइ[17] ससुर भए॥ करणी[18] कामणि करि मन लए॥ 2 ॥

साहा[19] संजोगु[20] वीआहु विजोगु[21] ॥ सचु संतति कहु नानक जोगु[22] ॥ 3 ॥

---

1. कही जाती है 2. चेरी, दासी 3. नया, जाई, पैदा होता है 4. पट्टियाँ 5. हार 6. जलाया जाए 7. जब 8. कंत ने, पति ने 9. प्यार किया 10. भोली 11. मित्र 12. बुद्धि 13. दान, सेवा 14. विशेषतया 15. तेरी 16. श्रम 17. दोनों 18. कर्मपूर्ण जीवन 19. विवाह के लिए निकाला गया मुहूर्त 20. संयोग 21. वियोग 22. योग, मेल

(5)

पउणै[1] पाणी अगनी का मेलु॥ चंचल चपल बुधि का खेलु॥

नउ[2] दरवाजे दसवा दुआरु[3]॥ बुझु रे गिआनी एहु बीचारु॥1॥

कथता बकता सुनता सोई॥ आपु बीचारे सु गिआनी होई॥ 1 ॥ रहाउ॥

देही माटी बोलै पउणु॥ बुझु रे गिआनी मूआ[4] है कउणु॥

मूई सुरति बादु[5] अहंकारु॥ ओहु न मूआ जो देखणहारु॥ 2 ॥

जै कारणि तटि तीर्थ जाही॥ रतन पदार्थ घट ही माही॥

पड़ि पड़ि पंडितु बादु वखाणै॥ भीतरि होदी वसतु न जाणै॥ 3 ॥

हउ न मूआ मेरी मुई बलाइ[6]॥ ओहु न मूआ जो रहिआ समाइ॥

कहु नानक गुरि ब्रह्मु दिखाइआ॥ मरता जाता नदरि न आइआ॥ 4 ॥

(6)

हरणी होवा बनि[7] बसा कंद मूल चुणि[8] खाउ॥

गुर परसादी[9] मेरा सहु मिलै वारि वारि[10] हउ[11] जाउ जीउ॥ 1 ॥

मै बनजारनि[12] राम की॥ तेरा नामु वखरु[13] वापारु जी॥ 1 ॥ रहाउ॥

कोकिल होवा अम्मबि[14] बसा सहजि सबद बीचारु॥

सहजि सुभाइ मेरा सहु मिलै दरसनि रूपि अपारु[15]॥ 2 ॥

मछुली होवा जलि[16] बसा जीअ जंत सभि सारि॥

उरवारि पारि मेरा सहु वसै हउ मिलउगी बाह पसारि[17]॥ 3 ॥

नागनि होवा धर[18] वसा सबदु वसै भउ जाइ॥

नानक सदा सोहागणी जिन जोती जोति[19] समाइ॥ 4 ॥

---

1. पवन 2. नौ 3. द्वार 4. मरा 5. विवाद 6. आपदा, संकट, चुड़ैल 7. वन में 8. चुनकर 9. कृपा
10. न्यौछावर, सदके 11. मैं 12. व्यापार करने वाली 13. सौदा 14. आम पर 15. अपार, ब्रह
16. जल में 17. फैलाकर 18. धरती 19. ज्योतिस्वरूप प्रभु

(7)

करि[1] किरपा अपनै घरि[2] आइआ ता[3] मिलि[4] सखीआ[5] काजु[6] रचाइआ ॥

खेलु देखि मनि अनदु भइआ सहु वीआहण आइआ ॥ 1 ॥

गावहु गावहु कामणी बिबेक[7] बीचारु ॥

हमरै घरि आइआ जगजीवनु भतारु[8] ॥ 1 ॥ रहाउ ॥

गुरु दुआरै[9] हमरा वीआहु जि होआ जां[10] सहु मिलिआ तां जानिआ ॥

तिहु[11] लोका महि सबदु रविआ है आपु गइआ मनु मानिआ ॥ 2 ॥

आपणा कारजु[12] आपि सवारे होरनि कारजु न होई ॥

जितु कारजि सतु संतोखु दइआ धरमु है गुरमुखि बूझै कोई ॥ 3 ॥

भनति[13] नानकु सभना का पिरु[14] एको सोइ ॥

जिस नो नदरि[15] करे सा सोहागणि[16] होइ ॥ 4 ॥

(8)

एक न भरीआ[17] गुण करि धोवा ॥ मेरा सहु[18] जागै हउ[19] निसि भरि सोवा ॥ 1 ॥

इउ किउ कंत[20] पिआरी होवा ॥ सहु जागै हउ निस भरि सोवा ॥1॥ रहाउ ॥

आस पिआसी[21] सेजै आवा ॥ आगै सह भावा कि न भावा ॥ 2 ॥

किआ जाना किआ होइगा री माई ॥ हरि दरसन बिनु रहनु न जाई ॥ 1 ॥ रहाउ ॥

प्रेमु न चाखिआ मेरी तिस[22] न बुझानी ॥ गइआ सु जोबनु धन[23] पछुतानी ॥ 3 ॥

अजै[24] सु जागउ आस पिआसी ॥ भईले उदासी रहउ निरासी ॥ 1 ॥ रहाउ ॥

हउमै खोइ[25] करे सीगारु[26] ॥ तउ कामणि सेजै रवै भतारु[27] ॥ 4 ॥

तउ नानक कंतै मनि भावै ॥ छोडि वडाई अपणे खसम समावै ॥ 1 ॥ रहाउ ॥

---

1. करके 2. घर में 3. तब 4. मिलकर 5. सखियाँ 6. विवाह 7. विवेक 8. पति 9. द्वार 10. जब
11. उन्होंने 12. कार्य, विवाह 13. कहता है 14. दृष्टि 15. सौभाग्यवती 16. प्रिय 17. सनी हुई
18. पति 19. मैं 20. पति 21. प्यासी 22. तृष्णा, प्यास 23. स्त्री 24. अभी भी 25. नाश करके
26. शृंगार 27. पति

(9)

पेवकड़ै[1] धन[2] खरी[3] इआणी[4] ॥ तिसु सह[5] की मै सार न जाणी ॥ 1 ॥

सहु मेरा एकु दूजा नही कोई ॥ नदरि करे मेलावा होई ॥ 1 ॥ रहाउ ॥

साहुरड़ै[6] धन साचु पछाणिआ ॥ सहजि सुभाइ अपणा पिरु जाणिआ ॥ 2 ॥

गुर परसादी ऐसी मति आवै ॥ तां कामणि कंतै[7] मनि[8] भावै ॥ 3 ॥

कहतु नानकु भै[9] भाव का करे सीगारु[10] ॥ सद[11] ही सेजै रवै भतारु ॥ 4 ॥

रागु धनासरी

(10)

किउ सिमरी[12] सिवरिआ नही जाइ ॥ तपै हिआउ[13] जीअड़ा[14] बिललाइ[15] ॥

सिरजि[16] सवारे[17] साचा सोइ ॥ तिसु विसरिऐ[18] चंगा किउ होइ ॥ 1 ॥

हिकमति[19] हुकमि न पाइआ जाइ ॥

किउ करि साचि मिलउ मेरी माइ ॥ 1 ॥ रहाउ ॥

वखरु[20] नामु देखण कोई जाइ[21] ॥ ना को चाखै ना को खाइ ॥

लोकि पतीणै ना पति होइ ॥ ता पति रहै राखै जा सोइ ॥ 2 ॥

जह देखा तह रहिआ समाइ ॥ तुधु बिनु दूजी नाही जाइ ॥

जे को करे कीतै[22] किआ होइ ॥ जिस नो बखसे साचा सोइ ॥ 3 ॥

हुणि[23] उठि चलणा मुहति[24] कि तालि[25] ॥ किआ मुहु देसा[26] गुण नही नालि ॥

जैसी नदरि[27] करे तैसा होइ ॥ विणु नदरी नानक नही कोई ॥ 4 ॥

(11)

जीउ तपतु[28] है बारो बार ॥ तपि तपि[29] खपै बहुतु बेकार[30] ॥

जै[31] तनि बाणी विसरि[32] जाइ ॥ जिउ पका[33] रोगी विललाइ ॥1 ॥

बहुता बोलणु[34] झखणु[35] होइ ॥ विणु बोले जाणै सभु सोइ[36] ॥ 1 ॥ रहाउ ॥

---

1. पिता के घर में 2. स्त्री 3. बहुत, पक्की 4. अज्ञानी 5. पति 6. ससुराल में 7. पति 8. मन में
9. भय 10. श्रृंगार 11. सदा 12. स्मरण करूँ 13. हृदय 14. जीव 15. बिलखता है 16. पैदा करके
17. सँवारता है 18. भुला दें 19. चालाकी 20. सौदा 21. जगह 22. करने से 23. अभी 24. पल
में 25. ताल 26. दूँगा 27. नज़र, कृपा 28. तपता है 29. तप-तपकर 30. विकारों में 31. जिस
32. भूलता है 33. कोढ़ 34. बोलना 35. व्यर्थ, बकवास 36. वह

जिनि[1] कन कीते अखी नाकु॥ जिनि जिहवा दिती बोले तातु॥
जिनि मनु राखिआ अगनी पाइ॥ वाजै[2] पवणु[3] आखै[4] सभ जाइ॥ 2॥
जेता मोहु परीति सुआद॥ सभा कालख दागा दाग॥
दाग दोस[5] मुहि चलिआ लाइ॥ दरगह बैसण नाही जाइ॥ 3॥
करमि[6] मिलै आखणु तेरा नाउ॥ जितु[7] लगि तरणा होरु नही थाउ॥
जे को[8] डूबै फिरि होवै सार[9]॥ नानक साचा सरब दातार॥ 4॥

(12)

चोरु सलाहे[10] चीतु न भीजै[11]॥ जे बदी[12] करे ता तसू[13] न छीजै[14]॥
चोर की हामा[15] भरे न कोइ॥ चोरु कीआ[16] चंगा किउ होइ[17]॥ 1॥
सुणि मन अंधे कुते कूड़िआर[18]॥ बिनु बोले बूझीऐ[19] सचिआर[20]॥ 1॥ रहाउ॥
चोरु सुआलिउ[21] चोरु सिआणा॥ खोटे का मुलु एकु दुगाणा[22]॥
जे साथि रखीऐ दीजै रलाइ॥ जा परखीऐ खोटा होइ जाइ॥ 2॥
जैसा करे सु तैसा पावै॥ आपि बीजि[23] आपे ही खावै॥
जे वडिआईआ[24] आपे खाइ[25]॥ जेही सुरति[26] तेहै राहि[27] जाइ॥ 3॥
जे सउ कूड़ीआ[28] कूड़[29] कबाड़ु[30]॥ भावै सभु आखउ संसारु॥
तुधु[31] भावै अधी[32] परवाणु॥ नानक जाणै जाणु[33] सुजाणु[34]॥ 4॥

रागु तिलंग

(13)

इआनड़ीए[35] मानड़ा[36] काइ[37] करेहि॥
आपनड़ै घरि हरि रंगो[38] की न माणेहि॥
सहु नेड़ै धन[39] कमलीए[40] बाहरु[41] किआ ढूढेहि॥

---

1. जिसने 2. बजता है 3. पवन, श्वास 4. कहता है 5. दोष 6. कृपा 7. जिसमें 8. कोई
9. सँभाल 10. सराहना करे, कीर्ति करे 11. भीगता है 12. बुराई 13. थोड़ा सा भी 14. कम होता है
15. हिमायत 16. किया गया, बनाया गया 17. क्या हो सकता है 18. झूठे 19. पहचाना जाता है
20. सच्चा मनुष्य 21. सुंदर 22. दो कौड़ियों के टुकड़े 23. बीज के 24. गुण 25. क्रसमें खाए
26. भावना 27. वैसे ही राह पर 28. झूठी बातें 29. झूठ 30. कबाड़ 31. तुझे 32. अक्लहीन
मनुष्य 33. जाननेवाला 34. सयाना 35. बहुत अनजान लड़की 36. मान 37. क्यों 38. आनंद
39. स्त्री 40. भोली, पागल 41. बाहर

भै कीआ देहि सलाईआ[1] नैणी भाव का करि सीगारो ॥

ता सोहागणि जाणीऐ लागी जा सहु धरे पिआरो ॥ 1 ॥

इआणी बाली किआ[2] करे जा धन कंत न भावै ॥

करण[3] पलाह[4] करे बहुतेरे सा धन[5] महलु न पावै ॥

विणु करमा किछु पाईऐ नाही जे बहुतेरा धावै[6] ॥

लब लोभ अहंकार की माती[7] माइआ माहि समाणी ॥

इनी बाती सहु पाईऐ नाही भई कामणि इआणी ॥ 2 ॥

जाइ पुछहु सोहागणी वाहै[8] किनी बाती सहु पाईऐ ॥

जो किछु करे सो भला करि मानीऐ हिकमति हुकमु चुकाईऐ ॥

जा कै प्रेमि पदार्थु पाईऐ तउ चरणी चितु लाईऐ ॥

सहु कहै सो कीजै तनु मनो[9] दीजै ऐसा परमलु[10] लाईऐ ॥

एव[11] कहहि सोहागणी भैणे इनी बाती सहु पाईऐ ॥ 3 ॥

आपु गवाईऐ ता सहु पाईऐ अउरु कैसी चतुराई ॥

सहु नदरि करि देखै सो दिनु लेखै कामणि नउ निधि पाई ॥

आपणे कंत पिआरी सा सोहागणि नानक सा सभराई[12] ॥

ऐसै रंगि[13] राती सहज की माती अहिनिसि भाइ समाणी ॥

सुंदरि साइ सरूप[14] बिचखणि[15] कहीऐ सा सिआणी ॥ 4 ॥

रागु मारू

(14)

पिछहु[16] राती सदड़ा[17] नामु खसम का लेहि ॥

खेमे[18] छत्र सराइचे[19] दिसनि[20] रथ पीड़े[21] ॥

जिनी तेरा नामु धिआइआ तिन कउ सदि[22] मिले ॥1 ॥

बाबा मै करमहीण कूड़िआर[23] ॥

नामु न पाइआ तेरा अंधा भरमि भूला मनु मेरा ॥1 ॥ रहाउ ॥

---

1. सुरमा डालने की सलाई 2. क्या 3. करुण 4. प्रलाप 5. वह स्त्री 6. दौड़-भाग करे 7. मस्त
8. उनको 9. मन 10. परिमल, सुगंध 11. इस तरह 12. भाइयोंवाली 13. रंग में 14. रूप वाली
15. विलक्षण, तीक्ष्ण बुद्धि 16. पिछली 17. आमंत्रण 18. तंबू 19. कनातें 20. दिखते हैं 21. तैयार
रथ 22. आवाज़ देकर 23. झूठे पदार्थों का व्यापार

साद[1] कीते दुख परफुड़े[2] पूरबि[3] लिखे माइ॥

सुख थोड़े दुख अगलै दूखे दूखि विहाइ॥ 2 ॥

विछुड़िआ का किआ वीछुड़ै मिलिआ का किआ मेलु॥

साहिबु सो सालाहीऐ जिनि करि देखिआ खेलु[4] ॥ 3 ॥

संजोगी[5] मेलावड़ा[6] इनि[7] तनि[8] कीते भोग[9] ॥

विजोगी[10] मिलि विछुड़े नानक भी संजोग॥ 4 ॥

(15)

पतित[11] पुनीत[12] असंख[13] होहि[14] हरि चरनी मनु लाग॥

अठसठि[15] तीरथ नामु प्रभ नानक जिसु मसतकि[16] भाग॥ 1 ॥

सखी सहेली गरबि[17] गहेली[18] ॥ सुणि सह की[19] इक बात सुहेली[20] ॥ 2 ॥

जो मै बेदन सा किसु आखा माई॥

हरि बिनु जीउ[21] न रहै कैसे राखा[22] माई॥ 1 ॥ रहाउ॥

हउ दोहागणि[23] खरी रंजाणी[24] ॥ गइआ सु जोबनु धन पछुताणी॥ 2 ॥

तू दाना[25] साहिबु[26] सिरि[27] मेरा॥ खिजमति[28] करी जनु बंदा[29] तेरा॥ 3 ॥

भणति नानकु अंदेसा[30] एही॥ बिनु दरसन कैसे रवउ[31] सनेही॥ 4 ॥

(16)

कोई आखै भूतना को कहै बेताला[32] ॥

कोई आखै आदमी नानकु वेचारा[33] ॥ 1 ॥

भइआ[34] दिवाना साह[35] का नानकु बउराना[36] ॥

हउ[37] हरि बिनु अवरु न जाना ॥1 ॥ रहाउ॥

---

1. स्वाद 2. प्रफुल्लित 3. पूर्व जन्मों का 4. खेल, तमाशा 5. संयोग से 6. सुंदर मिलाप 7. इससे
8. इस तन से 9. मायावी पदार्थों का आनंद 10. वियोग के कारण 11. गिरे हुए 12. पवित्र
13. असंख्य 14. हो जाते हैं 15. अड़सठ 16. माथे पर 17. अहंकार में 18. पागल 19. पति
की 20. सुखदायी 21. जीव 22. बच सकूँ 23. दुःखी 24. रंजाणी, दुःखी 25. जानने वाला
26. मालिक 27. सिर पर 28. ख़िदमत, सेवा 29. गुलाम 30. आशंका 31. मिल सकूँ 32. जिन्
33. बेचारा, असहाय 34. हो गया है 35. शाह, प्रभु 36. पागल हो जाना 37. मैं

तउ[1] देवाना जाणीऐ जा भै[2] देवाना होइ॥

एकी साहिब बाहरा दूजा अवरु न जाणै कोइ॥ 2॥

तउ देवाना[3] जाणीऐ जा एका कार कमाइ॥

हुकमु पछाणै खसम का दूजी अवर सिआणप[4] काइ[5]॥ 3॥

तउ देवाना जाणीऐ जा साहिब धरे[6] पिआरु[7]॥

मंदा जाणै आप कउ अवरु भला संसारु॥ 4॥

रागु मलार

(17)

जिनि[8] धन[9] पिर[10] का सादु[11] न जानिआ सा बिलख[12] बदन[13] कुमलानी॥

भई निरासी[14] करम की फासी बिनु गुर भरमि[15] भुलानी॥ 1॥

बरसु[16] घना[17] मेरा पिरु घरि आइआ॥

बलि जावां गुर अपने प्रीतम जिनि हरि प्रभु आणि मिलाइआ॥ 1॥ रहाउ॥

नउतन[18] प्रीति सदा ठाकुर सिउ[19] अनदिनु भगति सुहावी[20]॥

मुकति भए गुरि दरसु दिखाइआ जुगि जुगि भगति सुभावी[21]॥ 2॥

हम थारे त्रिभवण जगु तुमरा तू मेरा हउ तेरा॥

सतिगुरि मिलिऐ निरंजनु पाइआ बहुरि[22] न भवजलि[23] फेरा॥ 3॥

अपुने पिर हरि देखि विगासी[24] तउ धन साचु सीगारो॥

अकुल[25] निरंजन सिउ सचि साची गुरमति नामु अधारो॥ 4॥

मुकति भई बंधन गुरि खोल्हे सबदि सुरति पति[26] पाई॥

नानक राम नामु रिद[27] अंतरि गुरमुखि मेलि मिलाई॥ 5॥

सतिगुर की ऐसी वडिआई

सिरीरागु

(1)

गुणवंती गुण वीथरै[1] अउगुणवंती झूरि[2] ॥

जे लोड़हि वरु[3] कामणी नह मिलीऐ पिर कूरि[4] ॥

ना बेड़ी ना तुलहड़ा[5] ना पाईऐ पिरु दूरि ॥ 1 ॥

मेरे ठाकुर पूरै तखति[6] अडोलु[7] ॥

गुरमुखि पूरा[8] जे करे[9] पाईऐ साचु अतोलु ॥ 1 ॥ रहाउ ॥

प्रभु हरिमंदरु सोहणा तिसु[10] महि माणक लाल ॥

मोती हीरा निरमला कंचन कोट[11] रीसाल[12] ॥

बिनु पउड़ी गढ़ि[13] किउ चड़उ गुर हरि धिआन निहाल[14] ॥ 2 ॥

गुरु पउड़ी बेड़ीगुरु गुरु तुलहा हरि नाउ ॥

गुरु सरु[15] सागरु बोहिथो[16] गुरु तीरथु दरीआउ ॥ जे

तिसु भावै ऊजली सतसरि[17] नावण जाउ ॥ 3 ॥

पूरो पूरो आखीऐ पूरै तखति निवास ॥

पूरै थानि[18] सुहावणै पूरै[19] आसनिरास ॥

नानक पूरा जे मिलै किउ घाटै गुण तास[20] ॥ 4 ॥

---

1. कहती है 2. झूरती है, चिंतित रहती है 3. वर, पति 4. झूठ द्वारा 5. लकड़ी का पट्टा जिससे नदी पार की जाती है 6. अविचलित 7. तख़्त पर 8. पूर्ण 9. जो (कृपा) करे 10. उस 11. सोने के किले 12. सुंदर 13. क़िले पर 14. संपन्न कर दिया 15. तालाब 16. जहाज़ 17. सत्संग सरोवर 18. जगह पर 19. पूरी करता है 20. उस

(2)

सुंञी[1] देह डरावणी जा[2] जीउ[3] विचहु जाइ॥

भाहि[4] बलंदी विझवी[5] धूउ[6] न निकसिओ काइ॥

पंचे[7] रुंने दुखि भरे बिनसे दूजै[8] भाइ॥ 1 ॥

मूड़े रामु जपहु गुण सारि[9]॥

हउमै ममता मोहणी सभ मुठी[10] अहंकारि॥ 1 ॥ रहाउ॥

जिनी नामु विसारिआ दूजी कारै लगि॥

दुबिधा लागे पचि मुए अंतरि त्रिसना अगि॥

गुरि राखे से उबरे होरि मुठी धंधै ठगि॥ 2 ॥

मुई परीति पिआरु गइआ मुआ वैरु विरोधु॥

धंधा थका हउ मुई ममता माइआ क्रोधु॥

करमि मिलै सचु पाईऐ गुरमुखि सदा निरोधु॥ 3 ॥

सची कारै सचु मिलै गुरमति पलै पाइ॥

सो नरु जमै ना मरै ना आवै ना जाइ॥

नानक दरि प्रधानु सो दरगहि पैधा जाइ॥ 4 ॥

(3)

एका सुरति[11] जेते[12] है जीअ[13]॥ सुरति विहूणा[14] कोइ न कीअ[15]॥

जेही सुरति तेहा तिन राहु[16]॥ लेखा इको आवहु जाहु॥ 1 ॥

काहे जीअ करहि चतुराई॥ लेवै देवै ढिल न पाई॥ 1 ॥ रहाउ॥

तेरे जीअ जीआ का तोहि[17]॥ कित[18] कउ साहिब आवहि रोहि[19]॥

जे तू साहिब आवहि रोहि॥ तू ओना का तेरे ओहि[20] ॥2 ॥

असी बोलविगाड़[21] विगाड़ह बोल॥ तू नदरी[22] अंदरि तोलहि तोल॥

जहकरणी तह पूरी मति॥ करणी[23] बाझहु घटे घटि॥ 3 ॥

प्रणवति[24] नानक गिआनी कैसा होइ॥ आपु पछाणै बूझै सोइ॥

गुर परसादि करे बीचारु॥ सो गिआनी दरगह परवाणु॥ 4 ॥

---

(4)

तू दरीआउ दाना[1] बीना[2] मै मछुली कैसे अंतु लहा[3] ॥

जह जह[4] देखा तह तह तू है तुझ तें[5] निकसी[6] फूटि मरा[7] ॥ 1 ॥

न जाणा मेउ[8] न जाणा जाली ॥ जा दुखु लागै ता तुझै समाली[9] ॥ 1 ॥ रहाउ ॥

तू भरपूरि[10] जानिआ मै दूरि ॥ जो कछु करी सु तेरै हदूरि[11] ॥

तू देखहि हउ मुकरि पाउ ॥ तेरै कमि[12] न तेरै नाइ[13] ॥ 2 ॥

जेता[14] देहि[15] तेता हउ[16] खाउ ॥ बिआ दरु नाही कै दरि जाउ ॥

नानकु एक कहै अरदासि ॥ जीउ पिंडु सभु तेरै पासि ॥ 3 ॥

आपे नेड़ै दूरि आपे ही आपे मंझि[17] मिआनु[18] ॥

आपे वेखै सुणे आपे ही कुदरति[19] करे जहानु ॥

जो तिसु भावै नानका हुकमु सोई परवानु ॥ 4 ॥

रागु गउड़ी

(5)

सतिगुरु मिलै सु मरणु[20] दिखाए ॥ मरण रहण रसु[21] अंतरि भाए ॥

गरबु[22] निवारि गगन पुरु पाए ॥ 1 ॥

मरणु लिखाइ आए नही रहणा ॥ हरि जपि जापि रहणु हरि सरणा ॥1 ॥ रहाउ ॥

सतिगुरु मिलै त दुबिधा भागै ॥ कमलु बिगासि मनु हरि प्रभ लागै ॥

जीवतु मरै महा रसु आगै ॥ 2 ॥

सतिगुरि मिलिऐ सच संजमि[23] सूचा ॥ गुर की पउड़ी ऊचो ऊचा ॥

करमि[24] मिलै जम का भउ मूचा[25] ॥ 3 ॥

गुरि मिलिऐ मिलि अंकि समाइआ ॥ करि किरपा घरु महलु[26] दिखाइआ ॥

नानक हउमै मारि मिलाइआ ॥ 4 ॥

---

1. जाननेवाला 2. देखनेवाला 3. ढूँढ़ना 4. जिधर-जिधर 5. से 6. निकली हुई 7. फूट कर मर जाती हूँ (मुहावरा) 8. मल्लाह 9. याद करती हूँ 10. सर्वत्र मौजूद 11. हाज़री में 12. काम 13. नाम 14. जितना 15. देता है 16. मैं 17. बीच में 18. दरमियान 19. सत्य 20. मृत्यु 21. आनंद 22. गर्व 23. संयम से 24. कृपा 25. ख़त्म हो जाता है 26. महल में

(6)

जिनि[1] अकथु[2] कहाइआ अपिओ[3] पीआइआ[4] ॥
अनभै[5] विसरे नामि समाइआ ॥ 1 ॥
किआ डरीऐ डरु डरहि समाना ॥ पूरे गुर कै सबदि पछाना[6] ॥1॥ रहाउ ॥
जिसु नर रामु रिदै[7] हरि रासि ॥ सहजि सुभाइ मिले साबासि ॥ 2 ॥
जाहि[8] संवारै[9] साझ[10] बिआल[11] ॥ इत[12] उत मनमुख बाधे काल[13] ॥ 3 ॥
अहिनिसि रामु रिदै से पूरे ॥ नानक राम मिले भ्रम दूरे ॥ 4 ॥

(7)

जनमि मरै त्रै[14] गुण हितकारु ॥ चारे[15] बेद कथहि आकारु ॥
तीनि[16] अवसथा कहहि वखिआनु[17] ॥ तुरीआवसथा[18] सतिगुर ते हरि जानु ॥ 1 ॥
राम भगति गुर सेवा तरणा[19] ॥ बाहुड़ि जनमु न होइ है मरणा ॥ 1 ॥ रहाउ ॥
चारि[20] पदार्थ कहै सभु कोई ॥ सिम्रिति सासत पंडित मुखि सोई ॥
बिनु गुर अर्थु बीचारु न पाइआ ॥ मुकति पदार्थु भगति हरि पाइआ ॥ 2 ॥
जा कै हिरदै वसिआ हरि सोई ॥ गुरमुखि भगति परापति होई ॥
हरि की भगति मुकति आनंदु ॥ गुरमति पाए परमानंदु ॥ 3 ॥
जिनि[21] पाइआ गुरि देखि दिखाइआ ॥ आसा माहि निरासु बुझाइआ ॥
दीना नाथु सरब सुखदाता ॥ नानक हरि चरणी मनु राता ॥ 4 ॥

रागु सोरठि

(8)

माइ बाप को बेटा नीका[22] ससुरै[23] चतुरु[24] जवाई ॥
बाल कंनिआ कौ बापु पिआरा भाई कौ अति भाई ॥
हुकमु भइआ बाहरु घरु[25] छोडिआ खिन महि भई पराई ॥

---

1. जिस 2. अकथनीय 3. पिया 4. पिलाया 5. निर्भय 6. पहचाना 7. हृदय 8. जो 9. सुलाए 10. संध्या 11. सेवरा 12. यहाँ 13. मोल 14. तीन (सत, रज और तम) 15. चार (ऋग्वेद, सामवेद, अथर्ववेद, यजुर्वेद) 16. तीन (बाल्य, युवा और वृद्ध) 17. बखान करते हैं 18. तुरीय अवस्था, जीव और परमात्मा के एकीकरण की अवस्था 19. तैर सकते हैं 20. चार (धर्म, अर्थ, काम और मोक्ष) 21. जिस 22. अच्छा 23. ससुर का 24. समझदार 25. घर-बाहर

नामु दानु[1] इसनानु न मनमुखि तितु[2] तनि धूड़ि धुमाई[3] ॥ 1 ॥

मनु मानिआ नामु सखाई[4] ॥

पाइ परउ[5] गुर कै बलिहारै जिनि साची बूझ बुझाई ॥ रहाउ ॥

जग सिउ झूठ प्रीति मनु बेधिआ[6] जन[7] सिउ वादु रचाई ॥

माइआ मगनु अहिनिसि मगु जोहै[8] नामु न लेवै मरै बिखु[9] खाई ॥

गंधण वैणि[10] रता[11] हितकारी सबदै सुरति न आई ॥

रंगि[12] न राता रसि[13] नही बेधिआ मनमुखि पति[14] गवाई ॥ 2 ॥

साध सभा महि सहजु न चाखिआ जिहबा रसु नही राई[15] ॥

मनु तनु धनु अपुना करि जानिआ दर[16] की खबरि न पाई ॥

अखी मीटि[17] चलिआ अंधिआरा घरु दरु[18] दिसै न भाई ॥

जम दरि बाधा ठउर न पावै अपुना कीआ कमाई ॥ 3 ॥

नदरि करे ता अखी वेखा[19] कहणा कथनु न जाई ॥

कंनी[20] सुणि सुणि सबदि सलाही अमृतु रिदै वसाई[21] ॥

निरभउ निरंकारु निरवैरु पूरन जोति समाई[22] ॥

नानक गुर विणु भरमु न भागै सचि नामि[23] वडिआई ॥ 4 ॥

(9)

अपना घरु[24] मूसत[25] राखि न साकहि की[26] पर घरु जोहन[27] लागा ॥

घरु दरु राखहि जे रसु चाखहि जो गुरमुखि सेवकु लागा ॥ 1 ॥

मन रे समझु कवन मति लागा ॥

नामु विसारि अन[28] रस लोभाने फिरि पछुताहि अभागा ॥ रहाउ ॥

आवत कउ हरख[29] जात कउ रोवहि इहु दुखु सुखु नाले[30] लागा ॥

आपे दुख सुख भोगि[31] भोगावै गुरमुखि सो अनरागा ॥ 2 ॥

---

1. सेवा 2. उसमें 3. धूल उड़ाई 4. मित्र 5. पड़ता हूँ 6. भेदा 7. दास, भक्त 8. देखता है 9. ज़हर 10. गंदे बोल 11. मस्त 12. रंग में 13. रस में 14. इज़्ज़त 15. थोड़ा-सा 16. दरवाज़ा 17. बंद करके 18. दरवाज़ा 19. आँखों से देख सकता हूँ 20. कानों से 21. बसा सकता हूँ 22. समाया हुआ 23. नाम में 24. घर को 25. चुराया जा रहा है 26. क्यों 27. देखना 28. अन्य 29. ख़ुशी 30. साथ ही 31. भोग में

हरि रस ऊपरि[1] अवरु किआ कहीऐ जिनि पीआ सो त्रिपतागा[2] ॥

माइआ मोहित जिनि इहु रसु खोइआ[3] जा साकत[4] दुरमति लागा ॥ 3 ॥

मन का जीउ[5] पवनपति देही[6] देही महि देउ समागा ॥

जे तू देहि त हरि रसु गाई[7] मनु त्रिपतै हरि लिव लागा ॥ 4 ॥

साधसंगति महि हरि रसु पाईऐ गुरि[8] मिलिऐ जम भउ भागा ॥

नानक राम नामु जपि गुरमुखि हरि पाए मसतकि[9] भागा ॥ 5 ॥

रागु धनासरी

(10)

नदरि[10] करे ता सिमरिआ जाइ ॥ आतमा द्रवै[11] रहै लिव लाइ ॥

आतमा परातमा[12] एको करै ॥ अंतर की दुबिधा अंतरि मरै ॥ 1 ॥

गुर परसादी पाइआ जाइ ॥

हरि सिउ चितु लागै फिरि कालु[13] न खाइ ॥1 ॥ रहाउ ॥

सचि सिमरिऐ[14] होवै परगासु[15] ॥ ता ते[16] बिखिआ[17] महि रहै उदासु[18] ॥

सतिगुर की ऐसी वडिआई[19] ॥ पुत्र कलत्र[20] विचे गति[21] पाई ॥ 2 ॥

ऐसी सेवकु सेवा करै ॥ जिस का जीउ[22] तिसु आगे धरै ॥

साहिब भावै सो परवाणु ॥ सो सेवकु दरगह पावै माणु ॥ 3 ॥

सतिगुर की मूरति हिरदै वसाए ॥ जो इछै सोई फलु पाए ॥

साचा साहिबु किरपा करै ॥ सो सेवकु जम ते कैसा डरै ॥ 4 ॥

भनति[23] नानकु करे वीचारु ॥ साची बाणी सिउ धरे पिआरु ॥

ता को[24] पावै मोख दुआरु ॥ जपुतपु सभु इहु सबदु है सारु[25] ॥ 5 ॥

---

1. बढ़िया 2. तृप्त हो गया 3. खो दिया 4. मायाग्रस्त मनुष्य 5. जीव 6. देह का स्वामी 7. गाऊँ
8. गुरु से 9. माथे पर 10. नज़र, कृपा दृष्टि 11. पिघलता है 12. दूसरों की आत्मा 13. मृत्यु
14. स्मरण कीजिए 15. प्रकाश 16. उससे 17. माया 18. निर्लिप्त 19. बड़ाई, महिमा 20. स्त्री
21. मोक्ष 22. जीव 23. कहता है 24. कोई 25. श्रेष्ठ

(11)

मुल खरीदी[1] लाला[2] गोला[3] मेरा नाउ सभागा[4] ॥

गुर की बचनी हाटि[5] बिकाना[6] जितु[7] लाइआ तितु[8] लागा ॥ 1 ॥

तेरे लाले किआ चतुराई ॥ साहिब का हुकमु न करणा जाई ॥ 1 ॥रहाउ॥

मा लाली[9] पिउ[10] लाला मेरा हउ[11] लाले का जाइआ[12] ॥

लाली नाचै लाला गावै भगति करउ तेरी राइआ ॥ 2 ॥

पीअहि[13] त पाणी आणी[14] मीरा[15] खाहि त पीसण जाउ ॥

पखा फेरी[16] पैर मलोवाजपत रहा तेरा नाउ ॥ 3 ॥

लूण हरामी[17] नानकु लाला बखसिहि[18] तुधु वडिआई[19] ॥

आदि[20] जुगादि[21] दइआपति दाता तुधु[22] विणु मुकति न पाई ॥ 4 ॥

---

1. मूल्य देकर ख़रीदा हुआ 2. ग़ुलाम 3. ग़ुलाम 4. सौभाग्यवान 5. दुकान, बाज़ार 6. बिक गया हूँ 7. जिस 8. उसी 9. दासी 10. प्रिय 11. मैं 12. उत्पन्न, पैदा हुआ 13. पिए 14. लायी 15. मेरे 16. चक्कर 17. नमक हराम 18. बख़्शीश करें 19. तेरी महानता 20. आरंभ से 21. युगों के आरंभ से 22. तेरी

जोगी जुगति न जाणै अंधु

रागु सिरी

(1)

जगु मउलिआ[1] हरिआ कीआ संसारो ॥

आब[2] खाकु[3] जिनि बंधि रहाई[4] धंनु सिरजणहारो ॥ 1 ॥

मरणा मुला[5] मरणा[6] भी करतारहु[7] डरणा ॥1॥ रहाउ ॥

ता तू मुला ता तू काजी जाणहि नामु खुदाई[8] ॥

जे बहुतेरा पड़िआ होवहि को रहै न भरीऐ पाई[9] ॥ 2 ॥

सोई काजी जिनि[10] आपु तजिआ इकु नामु कीआ आधारो[11] ॥

है भी होसी[12] जाइ न[13] जासी सचा सिरजणहारो ॥ 3 ॥

पंज वखत निवाज[14] गुजारहि पड़हि कतेब[15] कुराणा ॥

नानकु आखै गोर[16] सदेई[17] रहिओ पीणा खाणा ॥ 4 ॥

रागु आसा

(2)

काइआ[18] ब्रह्मा[19] मनु है धोती ॥ गिआनु जनेऊ धिआनु[20] कुसपाती[21] ॥

हरि नामा जसु[22] जाचउ[23] नाउ ॥ गुर परसादी[24] ब्रहमि समाउ ॥ 1 ॥

पांडे ऐसा ब्रह्म बीचारु ॥ नामे सुचि नामो पड़उ नामे चजु आचारु ॥ 1 ॥ रहाउ ॥

---

1. खिलाया है 2. पानी 3. मिट्टी 4. रख दी है 5. मुल्ला 6. मौत 7. करतार से 8. ख़ुदा 9. पनघड़ी (मटकी जिसमें छेद होता है और अंततः पानी भरने से वह एक नियत समय बाद डूब जाती है) 10. जिस 11. सहारा, आधार 12. होगा, क़ायम रहेगा 13. नहीं पैदा होता है 14. नमाज़ 15. इस्लामी मत की किताबें 16. क़ब्र 17. पुकारी जाती है 18. शरीर 19. ब्राह्मण 20. ध्यान 21. कुश या दूब का छल्ला 22. यश 23. माँगता हूँ 24. प्रसाद, कृपा

बाहरि जनेऊ जिचरु जोति है नालि॥ धोती टिका नामु समालि॥

ऐथै[1] ओथै[2] निबही नालि॥ विणु नावै होरि[3] करम न भालि[4]॥ 2 ॥

पूजा प्रेम माइआ[5] परजालि[6]॥ एको वेखहु अवरु न भालि॥

चीन्है ततु गगन दस दुआर॥ हरि मुखि पाठ पड़ै बीचार॥ 3 ॥

भोजनु भाउ भरमु भउ भागै॥ पाहरूअरा छबि चोरु न लागै॥

तिलकु लिलाटि[7] जाणै प्रभु एकु॥ बूझै ब्रह्मु अंतरि बिबेकु॥ 4 ॥

आचारी नही जीतिआ जाइ॥ पाठ पड़ै नही कीमति[8] पाइ॥

असट दसी चहु[9] भेदु न पाइआ॥ नानक सतिगुरि ब्रह्मु दिखाइआ॥ 5 ॥

(3)

विदिआ वीचारी तां परउपकारी॥ जां पंच रासी[10] तां तीर्थ वासी॥ 1 ॥

घुंघरू वाजै जे मनु लागै॥ तउ जमु कहा करे मो सिउ आगै॥1॥ रहाउ॥

आस निरासी तउ संनिआसी[11]॥ जां जतु जोगी तां काइआ[12] भोगी[13]॥ 2 ॥

दइआ दिग्मबरु[14] देह बीचारी॥ आपि मरै अवरा नह मारी॥ 3 ॥

एकु तू होरि वेस बहुतेरे॥ नानकु जाणै चोज[15] न तेरे॥ 4 ॥

(4)

दीवा मेरा एकु नामु दुखु विचि पाइआ तेलु॥

उनि[16] चानणि[17] ओहु[18] सोखिआ[19] चूका जम सिउ मेलु॥ 1 ॥

लोका मत को फकड़ि[20] पाइ॥

लख मड़िआ[21] करि एकठे एक रती ले भाहि[22]॥ 1 ॥ रहाउ॥

पिंडु पतलि मेरी केसउ[23] किरिआ सचु नामु करतारु॥

ऐथै ओथै आगै पाछै एहु मेरा आधारु[24]॥ 2 ॥

---

1. यहाँ 2. वहाँ 3. और 4. ढूँढ़ 5. माया 6. प्रज्ज्वलित कर दे, जला दे 7. माथे पर 8. कद्र, मूल्य
9. चार 10. पाँच कामादिक को वश में करने वाला 11. संन्यासी 12. शरीर 13. भोगनेवाला
14. नग्न 15. चमत्कार, तमाशा 16. उससे 17. प्रकाश से 18. वह 19. सूख जाता है 20. फक्कड़ी
21. ढेर 22. आग 23. केशव, लंबे केशवाला 24. आधार, सहारा

गंग बनारसि सिफति तुमारी नावै[1] आतम राउ॥

सचा नावणु तां थीऐ जां अहिनिसि लागै भाउ[2]॥ 3॥

इक लोकी[3] होरु[4] छमिछरी[5] ब्राहमणु वटि[6] पिंडु खाइ॥

नानक पिंडु बखसीस[7] का कबहूं निखूटसि[8] नाहि॥ 4॥

(5)

देवतिआ दरसन कै ताईं[9] दूख भूख तीरथ कीए॥

जोगी जती जुगति[10] महि रहते करि करि भगवे भेख[11] भए॥ 1॥

तउ कारणि[12] साहिबा रंगि[13] रते॥

तेरे नाम अनेका रूप अनंता कहणु[14] न जाही तेरे गुण केते॥ 2॥ रहाउ॥

दर घर महला[15] हसती[16] घोड़े छोडि[17] विलाइति[18] देस गए॥

पीर पेकांबर सालिक[19] सादिक[20] छोडी दुनीआ थाइ पए[21]॥ 3॥

साद सहज सुख रस कस[22] तजीअले[23] कापड़ छोडे चमड़ लीए॥

दुखीए दरदवंद दरि तैरै नामि रते दरवेस[24] भए॥ 4॥

खलड़ी[25] खपरी लकड़ी चमड़ी सिखा[26] सूतु[27] धोती कीन्ही॥

तूं साहिबु हउ सांगी तेरा प्रणवै नानकु जाति कैसी॥ 5॥

(6)

खुरासान[28] खसमाना[29] कीआ हिंदुसतानु डराइआ॥

आपै दोसु न देई करता[30] जमु करि मुगलु[31] चड़ाइआ॥

एती[32] मार पई करलाणे[33] तैं की दरदु[34] न आइआ॥ 1॥

करता तूं सभना का सोई[35]॥

जे सकता[36] सकते कउ मारे ता मनि रोसु न होई॥ 1॥ रहाउ॥

---

1. स्नान करता है 2. प्रेम 3. देवलोक में रहनेवाले 4. दूसरा 5. क्षमाभरी, धरती पर चलनेवाले 6. वट के 7. कृपा 8. समाप्त होगा 9. के लिए 10. युक्ति 11. वेश 12. तेरे कारण 13. प्रेम में 14. कहा 15. महल 16. हाथी 17. छोड़कर 18. वतन 19. ज्ञानवान 20. मार्गदर्शक 21. स्वीकृति के लिए 22. सभी रसों का स्वर 23. त्याग दिए 24. फ़क़ीर 25. भाँग आदि रखने की झोली 26. चोटी 27. जनेऊ 28. ईरान के पूर्व और अफ़ग़ानिस्तान के पश्चिम स्थित देश 29. सुपुर्दगी 30. करतार 31. मुग़ल, बाबर 32. इतनी 33. पुकार उठे 34. दुःख, कष्ट 35. सार लेनेवाला 36. शक्तिशाली

सकता सीहु[1] मारे पै[2] वगै[3] खसमै सा पुरसाई ॥

रतन विगाड़ि विगोए[4] कुर्तीं[5] मुइआ सार[6] न काई ॥

आपे जोड़ि विछोड़े आपे वेखु[7] तेरी वडिआई ॥ 2 ॥

जे को नाउ धराए वडा साद[8] करे मनि भाणे[9] ॥

खसमै[10] नदरी[11] कीड़ा आवै जेते चुगै दाणे ॥

मरि मरि जीवै ता किछु पाए नानक नामु वखाणे ॥ 3 ॥

रागु धनासरी

(7)

काइआ[12] कागदु[13] मनु परवाणा[14] ॥ सिर के लेख न पड़ै इआणा[15] ॥

दरगह[16] घड़ीअहि[17] तीने लेख[18] ॥ खोटा कामि[19] न आवै वेखु ॥ 1 ॥

नानक जे विचि[20] रुपा[21] होइ ॥ खरा खरा आखै सभु कोइ ॥ 1 ॥ रहाउ ॥

कादी[22] कूड़ु[23] बोलि मलु[24] खाइ ॥ ब्राहमणु नावै[25] जीआ घाइ[26] ॥

जोगी जुगति न जाणै अंधु[27] ॥ तीने ओजाड़े[28] का बंधु[29] ॥ 2 ॥

सो जोगी जो जुगति पछाणै ॥ गुर परसादी एको जाणै ॥

काजी सो जो उलटी[30] करै ॥ गुर परसादी जीवतु मरै ॥

सो ब्राहमणु जो ब्रहमु बीचारै ॥ आपि तरै सगले कुल तारै ॥ 3 ॥

दानसबंदु[31] सोई दिलि[32] धोवै ॥ मुसलमाणु सोई मलु खोवै ॥

पड़िआ[33] बूझै[34] सो परवाणु ॥ जिसु सिरि दरगह का नीसाणु ॥ 4 ॥

(8)

कालु[35] नाही जोगु[36] नाही नाही सत का ढबु[37] ॥

थानसट[38] जग भरिसट[39] होए डूबता इव[40] जगु ॥ 1 ॥

---

1. शेर 2. हल्ला करके 3. गायों के झुंड 4. नष्ट कर दिए 5. कुत्तों ने 6. ख़बर 7. देखो 8. रंगरलियाँ 9. अच्छे लगते 10. पति (मक्का की यात्रा के बाद बाबर के भारत पर आक्रमण पर गुरु नानक की प्रतिक्रिया) 11. नज़र 12. काया, शरीर 13. काग़ज 14. परवाना 15. अनजान जीव 16. दरगाही नियम के अनुसार 17. घड़े जाते हैं 18. त्रिगुणी (सत, रज और तम के संस्कार) 19. काम में 20. आत्मिक जीवन 21. चाँदी 22. काज़ी 23. झूठ 24. मैल 25. नहाता है 26. जीवों को मारकर 27. अंधा 28. उजाड़ 29. बाँध 30. पलटता है 31. अक्लमंद 32. दिल में 33. विद्वान् 34. समझता है 35. समय 36. मिलाप 37. ढंग, तरीका 38. श्रेष्ठ जगह 39. गंदे 40. इस तरह

कल महि[1] राम नामु सारु ॥

अखी त मीटहि[2] नाक पकड़हि ठगण कउ संसारु ॥ 1 ॥ रहाउ ॥

आंट[3] सेती[4] नाकु पकड़हि सूझते तिनि[5] लोअ ॥

मगर पाछै कछु न सूझै एहु पदमु[6] अलोअ[7] ॥ 2 ॥

खत्रीआ त धरमु छोडिआ मलेछ भाखिआ[8] गही[9] ॥

खिसटि सभ इक वरन[10] होई धरम की गति[11] रही ॥ 3 ॥

असट साज[12] साजि[13] पुराण सोधहि[14] करहि बेद अभिआसु ॥

बिनु नाम हरि के मुकति[15] नाही कहै नानकु दासु ॥ 4 ॥

रागु मारू

(9)

बिमल[16] मझारि[17] बससि[18] निर्मल जल पदमनि[19] जावल[20] रे ॥

पदमनि जावल जल रस संगति संगि[21] दोख[22] नही रे ॥ 1 ॥

दादर[23] तू कबहि न जानसि रे ॥

भखसि[24] सिबालु[25] बससि निर्मल जल अमृतु न लखसि रे ॥ 1 ॥ रहाउ ॥

बसु जल नित न वसत अलीअल[26] मेर[27] चचा[28] गुन रे ॥

चंद कुमुदनी[29] दूरहु निवससि[30] अनभउ[31] कारनि रे ॥ 2 ॥

अमृत खंडु दूधि मधु संचसि[32] तू बन चातुर[33] रे ॥

अपना आपु तू कबहु न छोडसि पिसन[34] प्रीति जिउ रे ॥ 3 ॥

पंडित संगि वसहि जन मूरख आगम[35] सास[36] सुने ॥

अपना आपु तू कबहु न छोडसि सुआन[37] पूछि[38] जिउ रे ॥ 4 ॥

इकि पाखंडी नामि न राचहि इकि हरि हरि चरणी रे ॥

पूरबि लिखिआ पावसि नानक रसना नामु जपि रे ॥ 5 ॥

---

1. संसार में 2. बंद करते हैं 3. अँगूठे के साथ की दो उँगलियाँ 4. से 5. तीन 6. पद्मासन
7. आश्चर्य से, जो कभी नहीं देखा 8. बोली 9. ग्रहण कर ली 10. वर्ण 11. मर्यादा 12. अष्टाध्यायी
आदि व्याकरण ग्रंथ 13. रचकर 14. विचारते हैं 15. मुक्ति 16. निर्मल 17. में 18. बसता है
19. कमल का फूल 20. जाला 21. संग में 22. दोष 23. मेंढक 24. खाता है 25. पानी की घास 26. भँवे
27. चोटी, कमल के फूल की चोटी 28. चूसता है 29. कुमुदिनी, चाँद के उगने पर खिलनेवाली
एक वनस्पति 30. सिर झुकाती है 31. अनुभव 32. एकत्र करता है 33. चतुर 34. चिच्चड़, थन
से चिपकने वाला एक कीड़ा 35. वेद 36. शास्त्र 37. स्वान, कुत्ता 38. पूँछ

राग बसंतु

(10)

सुइने[1] का चउका[2] कंचन कुआर[3] ॥ रुपे कीआ कारा[4] बहुतु बिसथारु[5] ॥
गंगा का उदकु[6] करंते[7] की आगि ॥ गरुड़ा[8] खाणा दुध सिउ गाडि[9] ॥ 1 ॥
रे मन लेखै कबहू न पाइ ॥ जामि[10] न भीजै साच नाइ[11] ॥ 1 ॥ रहाउ ॥
दस अठ[12] लिखे होवहि पासि ॥ चारे बेद मुखागर[13] पाठि[14] ॥
पुरबी[15] नावै वरनां[16] की दाति[17] ॥ वरत नेम करे दिन राति ॥ 2 ॥
काजी मुलां होवहि सेख ॥ जोगी जंगम भगवे भेख ॥
को गिरही करमा की संधि ॥ बिनु बूझे सभ खड़ीअसि बंधि ॥ 3 ॥
जेते जीअ लिखी सिरि[18] कार ॥ करणी[19] उपरि होवगि[20] सार[21] ॥
हुकमु करहि मूरख गावार ॥ नानक साचे के सिफति भंडार[22] ॥ 4 ॥

राग प्रभाती

(11)

जा कै[23] रूपु नाही जाति नाही नाही मुखु मासा[24] ॥
सतिगुरि मिले निरंजनु पाइआ तेरै नामि है निवासा ॥1॥
अउधू[25] सहजे ततु[26] बीचारि ॥ जा ते[27] फिरि न आवहु संसारि[28] ॥ 1 ॥ रहाउ ॥
जा कै करमु[29] नाही धरमु नाही नाही सुचि[30] माला ॥
सिव[31] जोति कंनहु[32] बुधि[33] पाई सतिगुरु रखवाला ॥ 2 ॥
जा कै बरतु नाही नेमु[34] नाही नाही बकबाई[35] ॥
गति[36] अवगति[37] की चिंत[38] नाही सतिगुरु फुरमाई[39] ॥ 3 ॥
जा कै आस नाही निरास नाही चिति सुरति समझाई ॥
तंत कउ परम तंतु[40] मिलिआ नानका बुधि[41] पाई ॥ 4 ॥

---

1. सोना, स्वर्ण 2. चौका 3. करवा, गागर 4. लकीरें 5. विस्तार 6. पानी 7. क्रतु, यज्ञ 8. पके
हुए चावल 9. मिलाकर 10. जब तक 11. नाम में 12. अठारह (पुराण) 13. मुँह के आगे
14. पाठ में 15. पर्वों के अवसर पर 16. वर्ण 17. दान 18. सिर पर 19. कर्म 20. होगी 21. सँभाल
22. ख़जाने 23. जिनके 24. माँस 25. अवधु, विरक्त साधु 26. तत्त्व 27. जिस पर 28. संसार
में 29. धार्मिक कृत्य 30. पवित्र 31. परमात्मा 32. पास में 33. बुद्धि 34. नियम, कर्मकांड
35. बकवास 36. मुक्ति 37. दुर्गति 38. चिंता 39. फ़रमान, आदेश 40. परमात्मा 41. बुद्धि

नाइ तेरै तरणा नाइ पति पूज

रागु गउड़ी

(1)

सुणि सुणि[1] बूझै मानै नाउ[2] ॥ ता कै सद बलिहारै जाउ॥

आपि भुलाए ठउर न ठाउ॥ तूं समझावहि मेलि[3] मिलाउ॥ 1 ॥

नामु मिलै चलै मै नालि[4] ॥ बिनु नावै बाधी सभ कालि॥ 1 ॥ रहाउ॥

खेती वणजु[5] नावै की ओट॥ पापु पुंनु बीज की पोट[6] ॥

कामु क्रोधु जीअ[7] महि चोट॥ नामु विसारि चले मनि खोट॥ 2 ॥

साचे गुर की साची सीख॥ तनु मनु सीतलु साचु परीख[8] ॥

जल पुराइनि[9] रस कमल परीख॥ सबदि रते मीठे रस ईख॥ 3 ॥

हुकमि संजोगी गड़ि दस दुआर॥ पंच वसहि मिलि जोति अपार॥

आपि तुलै आपे वणजार[10] ॥ नानक नामि[11] सवारणहार ॥ 4 ॥

(2)

जातो जाइ[12] कहा ते आवै ॥ कह उपजै कह जाइ समावै ॥

किउ बाधिओ[13] किउ मुकती[14] पावै ॥ किउ अबिनासी सहजि समावै ॥ 1 ॥

नामु रिदै अमृतु[15] मुखि नामु॥ नरहर नामु नरहर निहकामु॥ 1 ॥ रहाउ॥

सहजे आवै सहजे जाइ॥ मन ते उपजै मन माहि समाइ॥

गुरमुखि मुकतो[16] बंधु[17] न पाइ॥ सबदु बीचारि छुटै हरि नाइ[18] ॥ 2 ॥

---

1. सुन-सुनकर 2. नाम 3. जोड़कर 4. मेरे साथ 5. व्यापार करूँ 6. पोटली 7. हृदय 8. पहचान
9. पुरइन, कमल का पत्ता 10. व्यापार करनेवाला 11. नाम में 12. जाना जाए 13. बाँधा गया
14. मुक्ति 15. अमृत 16. मुक्त 17. बंधन 18. नाम में

तरवर पंखी[1] बहु निसि बासु॥ सुख दुखीआ मनि मोह विणासु॥

साझ[2] बिहाग[3] तकहि आगासु॥ दह दिसि धावहि करमि लिखिआसु॥ 3॥

नाम संजोगी गोइलि[4] थाटु[5]॥ काम क्रोध फूटै बिखु[6] माटु[7]॥

बिनु वखर सूनो घरु हाटु[8]॥ गुर मिलि खोले बजर[9] कपाट॥ 4॥

साधु मिलै पूरब संजोग॥ सचि रहसे[10] पूरे हरि लोग॥

मनु तनु दे लै सहजि सुभाइ[11]॥ नानक तिन कै लागउ पाइ॥ 5॥

(3)

आखा[12] जीवा विसरै मरि जाउ॥ आखणि अउखा साचा नाउ[13]॥

साचे नाम की लागै भूख॥ तितु भूखै खाइ चलीअहि दूख॥1॥

सो किउ विसरै मेरी माइ॥ साचा साहिबु साचै नाइ॥ 1॥ रहाउ॥

साचे नाम की तिलु वडिआई॥ आखि थके कीमति नही पाई॥

जे सभि मिलि कै आखण[14] पाहि॥ वडा न होवै घाटि न जाइ॥ 3॥

ना ओहु मरै न होवै सोगु॥ देंदा रहै न चूकै भोगु॥

गुणु एहो होरु नाही कोइ॥ ना को होआ ना को होइ॥ 4॥

जेवडु[15] आपि तेवड[16] तेरी दाति॥ जिनि[17] दिनु करि कै कीती राति॥

खसमु विसारहि ते कमजाति[18]॥ नानक नावै बाझु सनाति[19]॥ 5॥

रागु आसा

(4)

करम करतूति[20] बेलि[21] बिसथारी[22] राम नामु फलु हूआ॥

तिसु रूपु न रेख[23] अनाहदु वाजै सबदु[24] निरंजनि[25] कीआ॥ 1॥

करे वखिआणु जाणै[26] जे कोई॥ अमृतु पीवै सोई॥ 1॥ रहाउ॥

---

1. पक्षी 2. संध्या 3. सवेरा 4. नदी के किनारे का गर्मियों में हरा रहने वाला स्थान 5. स्थान
6. विष 7. मटकी 8. हाट, बाज़ार 9. मज़बूत 10. प्रसन्न 11. प्रेम में, भाव में 12. कहता हूँ
13. नाम के द्वारा 14. कहने का 15. जितना बड़ा 16. उतनी बड़ी 17. जिसने 18. नीची जाति वाला
19. नीच 20. कृत्य 21. बेल 22. बिखरी हुई है 23. चिह्न 24. महिमा 25. परमात्मा 26. जानता है

जिन्ह पीआ से मसत भए है तूटे बंधन फाहे॥

जोती जोति[1] समाणी भीतरि ता छोडे माइआ के लाहे[2]॥ 2॥

सरब जोति रूपु तेरा देखिआ सगल भवन तेरी माइआ[3]॥

रारै[4] रूपि निरालमु[5] बैठा नदरि करे विचि छाइआ[6]॥ 3॥

बीणा सबदु वजावै जोगी दरसनि रूपि अपारा॥

सबदि अनाहदि सो सहु राता[7] नानकु कहै विचारा॥ 4॥

(5)

ग्रिहु[8] बनु समसरि[9] सहजि सुभाइ॥ दुरमति गतु[10] भई कीरति ठाइ[11]॥
सच पउड़ी साचउ मुखि नांउ॥ सतिगुरु सेवि पाए निज थाउ[12]॥ 1॥
मन चूरै[13] खटु[14] दरसन जाणु[15]॥ सरब जोति पूरन भगवानु॥ 1॥ रहाउ॥
अधिक तिआस[16] भेख बहु करै॥ दुखु बिखिआ[17] सुखु तनि परहरै[18]॥
कामु क्रोधु अंतरि धनु हिरै[19]॥ दुबिधा छोडि नामि निसतरै॥ 2॥
सिफति सलाहणु सहज अनंद॥ सखा सैनु[20] प्रेमु गोबिंद॥
आपे करे आपे बखसिंदु॥ तनु मनु हरि पहि आगै जिंदु॥ 3॥
झूठ विकार महा दुखु देह॥ भेख वरन दीसहि सभि खेह॥
जो उपजै सो आवै जाइ॥ नानक असथिरु नामु रजाइ॥ 4॥

(6)

इकि[21] आवहि इकि जावहि[22] आई॥ इकि हरि राते रहहि समाई॥
इकि धरनि[23] गगन महि ठउर[24] न पावहि॥ से करमहीण[25] हरि नामु न
धिआवहि॥ 1॥

गुर पूरे ते गति[26] मिति[27] पाई॥

इहु संसारु बिखु[28] वत अति भउजलु[29] गुर सबदी हरि पारि लंघाई॥ 1॥
रहाउ॥

---

1. ज्योति, आलोक 2. लाभ 3. माया 4. झगड़ा 5. निराला 6. छाया, प्रतिबिंब 7. अनुरक्त
8. घर 9. समान 10. चली गयी 11. स्थापित हुई 12. स्थान 13. चूरा–चूरा कर 14. छह 15. ज्ञाता
16. तृष्णा 17. विषम, कठिन 18. दूर कर देता है 19. हरण कर लेता है 20. मित्र 21. कई
22. चले जाते हैं 23. धरती 24. जगह 25. अभागा 26. अवस्था 27. मर्यादा 28. विष 29. भवजल

जिन्ह कउ आपि लए प्रभु मेलि॥ तिन कउ कालु[1] न साकै पेलि[2]॥
गुरमुखि निर्मल रहहि पिआरे॥ जिउ जल अंभ[3] ऊपरि कमल निरारे॥ 2॥
बुरा भला कहु[4] किस नो कहीऐ॥ दीसै ब्रह्मु गुरमुखि सचु लहीऐ॥
अकथु कथउ गुरमति वीचारु॥ मिलि गुर संगति पावउ पारु[5]॥ 3॥
सासत[6] बेद सिम्रिति बहु भेद॥ अठसठि मजनु[7] हरि रसु रेद॥
गुरमुखि निरमलु मैलु न लागै॥ नानक हिरदै नामु वडे धुरि[8] भागै॥ 4॥

(7)

निवि[9] निवि पाइ लगउ[10] गुर अपुने आतम रामु निहारिआ॥
करत बीचारु हिरदै हरि रविआ[11] हिरदै देखि बीचारिआ॥ 1॥
बोलहु रामु करे निसतारा॥
गुर परसादि रतनु हरि लाभै[12] मिटै अगिआनु होइउजीआरा॥ 1॥ रहाउ॥
रवनी[13] रवै[14] बंधन नही तूटहि विचि हउमै भरमु[15] न जाई॥
सतिगुरु मिलै त हउमै टूटै ता[16] को लेखै पाई॥ 2॥
हरि हरि नामु भगति प्रिअ[17] प्रीतमु सुख सागरु उर धारे॥
भगति वछलु[18] जगजीवनु दाता मति गुरमति हरि निसतारे॥ 3॥
मन सिउ जूझि मरै प्रभु पाए मनसा मनहि समाए॥
नानक क्रिपा करे जगजीवनु सहज भाइ लिव लाए॥ 4॥

रागु धनासरी

(8)

जीउ डरतु है आपणा कै सिउ[19] करी पुकार॥
दूख विसारणु[20] सेविआ[21] सदा सदा दातारु॥ 1॥
साहिबु मेरा नीत[22] नवा सदा सदा दातारु[23]॥ 1॥ रहाउ॥

---

1. मौत 2. पेलना, तेल निकालना 3. पानी 4. कहो 5. पार 6. शास्त्र 7. मज्जन, स्नान 8. धुर से, शुरू से ही 9. झुककर 10. लगता हूँ 11. स्मरण किया है 12. मिलता है 13. जबानी 14. बोलता है 15. भ्रम 16. तब 17. प्रिय 18. वत्सल 19. किसके पास 20. दुःख दूर करनेवाला 21. स्मरण किया 22. नित्य 23. देनेवाला

अनदिनु साहिबु सेवीऐ अंति[1] छडाए सोइ॥

सुणि सुणि मेरी कामणी पारि उतारा होइ॥ 2 ॥

दइआल[2] तेरै नामि[3] तरा[4]॥ सद कुरबाणै जाउ॥ 1 ॥ रहाउ॥

सरबं[5] साचा[6] एकु है दूजा नाही कोइ॥

ता की सेवा सो करे जा कउ[7] नदरि करे॥ 3 ॥

तुधु बाझु पिआरे केव[8] रहा॥

सा वडिआई देहि जितु नामि तेरे लागि रहां॥

दूजा नाही कोइ जिसु आगै पिआरे जाइ कहा॥ 1 ॥ रहाउ॥

सेवी साहिबु आपणा अवरु न जाचंउ[9] कोइ॥

नानकु ता का दासु है बिंद बिंद[10] चुख चुख[11] होइ॥ 4 ॥

साहिब तेरे नाम विटहु[12] बिंद बिंद चुख चुख होइ॥ 1 ॥ रहाउ॥

राग मलार

(9)

खाणा पीणा हसणा सउणा[13] विसरि गइआ है मरणा॥

खसमु[14] विसारि खुआरी[15] कीनी धिगु[16] जीवणु नही रहणा॥ 1 ॥

प्राणी एको नामु धिआवहु[17]॥ अपनी पति सेती[18] घरि[19] जावहु॥ 1 ॥
रहाउ॥

तुधनो सेवहिवतुझु किआ देवहि मांगहि लेवहि रहहि नही[20]॥

तू दाता जीआ सभना का जीआ अंदरि जीउ तुही॥ 2 ॥

गुरमुखि धिआवहि सि[21] अमृतु पावहि सेई सूचे[22] होही॥

अहिनिसि नामु जपहु रे प्राणी मैले हछे होही॥ 3 ॥

जेही रुति[23] काइआ सुखु तेहा तेहो जेही देही[24]॥

नानक रुति सुहावी साई[25] बिनु नावै रुति केही[26]॥4 ॥

---

1. अंत में 2. दया के घर 3. नाम से 4. तैर सकता हूँ 5. सब जगह 6. सदा क़ायम रहनेवाला
7. को 8. कैसे 9. माँगता हूँ 10. छिन-छिन 11. टुकड़े-टुकड़े 12. से 13. सोना 14. पति, प्रिय
15. नष्ट किया 16. धिक्कार है 17. ध्यान करो 18. साथ 19. घर में 20. रह नहीं सकते 21. वे
22. पवित्र 23. ऋतु 24. शरीर 25. वही 26. कोई

राागु परभाती बिभास

(10)

नाइ[1] तेरै तरणा नाइ पति[2] पूज[3] ॥ नाउ तेरा गहणा[4] मति मकसूदु[5] ॥

नाइ तेरै नाउ मंनें[6] सभ कोइ ॥ विणु नावै पति कबहु न होइ ॥ 1 ॥

अवर[7] सिआणप[8] सगली पाजु[9] ॥ जै[10] बखसे तै पूरा काजु[11] ॥ 1 ॥ रहाउ ॥

नाउ तेरा ताणु[12] नाउ दीबाणु[13] ॥ नाउ तेरा लसकरु नाउ सुलतानु ॥

नाइ तेरै माणु महत[14] परवाणु[15] ॥ तेरी नदरी[16] करमि पवै[17] नीसाणु ॥ 2 ॥

नाइ तेरै सहजु नाइ सालाह[18] ॥ नाउ तेरा अमृतु बिखु उठि जाइ ॥

नाइ तेरै सभि सुख वसहि मनि आइ ॥ बिनु नावै बाधी जम पुरि जाइ ॥ 3 ॥

नारी बेरी[19] घर दर देस[20] ॥ मन कीआ खुसीआ कीचहि[21] वेस ॥

जां सदे तां ढिल न पाइ ॥ नानक कूड़ू[22] कूड़ो होइ जाइ ॥ 4 ॥

राागु प्रभाती

(11)

तेरा नामु रतनु करमु[23] चानणु[24] सुरति तिथै लोइ ॥

अंधेरु[25] अंधी वापरै[26] सगल लीजै खोइ[27] ॥ 1 ॥

इहु संसारु सगल बिकारु[28] ॥

तेरा नामु दारू अवरु नासति[29] करणहारु[30] अपारु ॥ 1 ॥ रहाउ ॥

पाताल पुरीआ एक भार होवहि लाख करोड़ि ॥

तेरे लाल कीमति ता पवै जां सिरै[31] होवहि होरि[32] ॥ 2 ॥

दूखा ते[33] सुख ऊपजहि सूखी होवहि दूख ॥

जितु[34] मुखि तू सालाहीअहि तितु मुखि कैसी भूख ॥ 3 ॥

नानक मूरखु एकु तू अवरु[35] भला सैसारु[36] ॥

जितु तनि नामु न ऊपजै से[37] तन होहि खुआर ॥ 4 ॥

---

1. नाम 2. इज़्ज़त 3. पूजा 4. आभूषण 5. उद्देश्य 6. मानता है 7. दूसरी 8. चतुराइयाँ 9. लोक दिखावा 10. जिसको 11. कार्य 12. बल 13. हुकूमत 14. महत्ता 15. परवाना 16. नज़र, कृपा 17. मिलता है 18. सराहना, महिमा 19. बेड़ी 20. मुल्क, ज़मीन 21. करते हैं 22. झूठ 23. कर्म, बख़्शीश 24. प्रकाश, आलोक 25. अँधेरा 26. व्यवहार कर रहा है 27. खो देता है 28. विकार 29. नास्ति, नहीं है 30. बनानेवाला 31. तराजू का दूसरा पल्ला 32. और 33. से 34. जिस 35. दूसरा 36. संसार 37. वे

संता की रेणु[1] साध जन संगति हरि कीरति[2] तरु तारी[3] ॥

कहा करै बपुरा[4] जमु डरपै[5] गुरमुखि रिदै[6] मुरारी ॥ 1 ॥

जलि जाउ जीवनु नाम बिना ॥

हरि जपि जापु जपउ जपमाली[7] गुरमुखि आवै सादु[8] मना ॥ 1 ॥ रहाउ ॥

गुर उपदेस साचु सुखु जा कउ किआ तिसु उपमा[9] कहीऐ ॥

लाल जवेहर रतन पदारथ खोजत गुरमुखि लहीऐ ॥ 2 ॥

चीनै[10] गिआनु[11] धिआनु धनु साचौ[12] एक सबदि लिव लावै ॥

निरालंबु[13] निरहारु निहकेवलु[14] निरभउ ताड़ी[15] लावै ॥ 3 ॥

साइर[16] सपत[17] भरे जल निरमलि उलटी नाव तरावै ॥

बाहरि जातौ ठाकि[18] रहावै गुरमुखि सहजि समावै ॥ 4 ॥

सो गिरही[19] सो दासु उदासी[20] जिनि गुरमुखि आपु पछनिआ ॥

नानकु कहै अवरु नही दूजा साच सबदि मनु मानिआ ॥ 5 ॥

---

1. चरण धूलि 2. महिमा, यश 3. ऐसा तैरी 4. बेचारा 5. डरता है 6. हृदय 7. माला 8. स्वाद
9. बड़ाई 10. पहचानता है 11. ज्ञान 12. सदा क़ायम रहनेवाला 13. निरावलंब, परमात्मा
14. वासना मुक्त, 15. तवज्जो, ध्यान 16. समुद्र 17. सात 18. रोककर 19. गृहस्थ 20. विरक्त

मनु माइआ मनु धाइआ

(1)

भली सरी[1] जि उबरी[2] हउमै मुई घराहु[3] ॥

दूत लगेफिरि चाकरी सतिगुर का वेसाहु[4] ॥

कलप[5] तिआगी बादि[6] है सचा बेपरवाहु ॥ 1 ॥

मन रे सचु मिलै भउजाइ ॥

भै[7] बिनु निरभउ किउ थीऐ गुरमुखि सबदि समाइ ॥ 2 ॥ रहाउ ॥

केता आखणु आखीऐ[8] आखणि तोटि न होइ ॥

मंगण वाले केतड़े दाता एको सोइ ॥

जिस के जीअ पराण है मनि वसिऐ[9] सुखु होइ ॥ 3 ॥

जगु सुपना बाजी[10] बनी खिन महि खेलु खेलाइ ॥

संजोगी मिलि एकसे[11] विजोगी उठि जाइ ॥

जो तिसु भाणा सो थीऐ अवरु न करणा जाइ ॥ 3 ॥

गुरमुखि वसतु वेसाहीऐ[12] सचु वखरु[13] सचु रासि[14] ॥

जिनी सचु वणंजिआ गुर पूरे साबासि ॥

नानक वसतु पछाणसी[15] सचु सउदा जिसु पासि ॥ 4 ॥

---

1. फब गयी 2. बच गयी 3. घर से 4. विश्वास, भरोसा 5. कल्पना 6. व्यर्थ 7. भय 8. माँगिए
9. बस जाए 10. खेल 11. एकत्र हो जाते हैं 12. कामकाज में व्यस्त रहते हैं 13. सौदा 14. पूँजी
15. पहचानता है

(2)

तनु जलि बलि माटी भइआ मनु माइआ मोहि[1] मनूरु[2] ॥

अउगण फिरि लागू[3] भए कूरि[4] वजावै तूरु[5] ॥

बिनु सबदै भरमाईऐ दुबिधा डोबे पूरु ॥1॥

मन रे सबदि[6] तरहु चितु लाइ ॥

जिनि[7] गुरमुखि नामु न बूझिआ मरि जनमै आवै जाइ ॥ 1 ॥ रहाउ ॥

तनु सूचा[8] सो आखीऐ जिसु महि साचानाउ ॥

भै[9] सचि राती[10] देहुरी जिहवा सचु सुआउ ॥

सची नदरि निहालीऐ[11] बहुड़ि न पावै ताउ[12] ॥ 2 ॥

साचे ते पवना भइआ पवनै ते जलु होइ ॥

जल ते त्रिभवणु साजिआ[13] घटि घटि जोति समोइ[14] ॥

निरमलु मैला ना थीऐ सबदि रते पति होइ ॥ 3 ॥

इहु मनु साचि संतोखिआ नदरि करे तिसु माहि ॥

पंच भूत[15] सचि भै रते जोति सची मन माहि ॥

नानक अउगण वीसरे गुरि[16] राखे पति ताहि[17] ॥ 4 ॥

(3)

नानक बेड़ी सच की तरीऐ गुर वीचारि ॥

इकि आवहि इकि जावही पूरिभरे अहंकारि ॥

मनहठि मती बूडीऐ गुरमुखि सचु सु तारि ॥ 1 ॥

गुर बिनु किउ[18] तरीऐ सुखु होइ ॥

जिउ भावै तिउ राखु तू मै अवरु न दूजा कोइ ॥ 1 ॥ रहाउ ॥

आगै[19] देखउ डउ[20] जलै पाछै हरिओ अंगूरु[21] ॥

जिस ते[22] उपजै तिस ते बिनसै घटि घटि सचु भरपूरि ॥

आपे मेलि मिलावही[23] साचै महलि[24] हदूरि ॥ 2 ॥

---

1. मोह में 2. जला हुआ लोहा, जंग लगा लोहा 3. वैरी 4. झूठ में 5. बाजा 6. गुरु के शब्द
7. जिस 8. पवित्र, स्वच्छ 9. भय 10. अनुरक्त 11. देखा जाता है 12. ताप, गर्मी 13. रचा गया
14. समायी हुई 15. पाँच तत्त्व 16. गुरु ने 17. उसकी 18. कैसे 19. सामने की ओर 20. दव,
जंगल की आग 21. हरा नया पौधा 22. जिससे 23. मिला देता है 24. महल में

साहि[1] साहि तुझु समला[2] कदे न विसारेउ॥

जिउ जिउ साहबु मनि वसै गुरमुखि अमृतु पेउ[3]॥

मनु तनु तेरा तू धणी[4] गरबु[5] निवारि[6] समेउ[7]॥ 3 ॥

जिनि[8] एहु जगतु उपाइआ त्रिभवणु करि आकारु॥

गुरमुखि चानणु[9] जाणीऐ मनमुखि मुगधु[10] गुबारु[11]॥

घटि घटि जोति निरंतरी बूझै गुरमति सारु[12]॥ 4 ॥

गुरमुखि जिनी जाणिआ तिन कीचै साबासि॥

सचे सेती रलि मिले सचे गुण परगासि॥

नानक नामि संतोखीआ जीउ पिंडु प्रभ पासि॥ 5 ॥

(4)

सुणि मन मित्र पिआरिआ मिलु वेला है एह॥

जब लगु जोबनि[13] सासु है तब लगु इहु तनु देह॥

बिनु गुण कामि न आवई ढहि[14] ढेरीतनु खेह॥ 1 ॥

मेरे मन लै[15] लाहा घरि जाहि॥

गुरमुखि नामु सलाहीऐ हउमै निवरी भाहि[16] ॥1॥ रहाउ॥

सुणि सुणि गंढणु[17] गंढीऐ लिखि पड़ि बुझहि[18] भारु[19]॥

त्रिसना अहि[20] निसि अगली हउमै रोगु विकारु॥

ओहु वेपरवाहु अतोलवा[21] गुरमति कीमति[22] सारु[23] ॥ 2 ॥

लख सिआणप जे करी लख सिउ प्रीति मिलापु॥

बिनु संगति साध न ध्रापीआ[24] बिनु नावै दूख संतापु॥

हरि जपि जीअरे छुटीऐ गुरमुखि चीनैआपु॥ 3 ॥

तनु मनु गुर पहि[25] वेचिआ[26] मनु दीआ सिरु नालि॥

त्रिभवणु खोजि ढंढोलिआ गुरमुखि खोजि निहालि॥

सतगुरि मेलि मिलाइआ नानक सो प्रभु नालि॥ 4 ॥

---

1. सुनूँ, याद करूँ 2. साँस से 3. पीऊँ 4. मालिक, पति 5. अहंकार 6. निवारण करें 7. समा जाऊँ, लीन रहूँ 8. जिस 9. ज्योति 10. मुग्ध, मूर्ख 11. अँधेरा 12. असलियत 13. जवानी में 14. गिरकर 15. लेकर 16. आग 17. गाँठें 18. विचारते हैं 19. भार 20. दिन 21. अतुल्य 22. कद्र, मूल्य 23. सँभालकर 24. भूख समाप्त हो गयी 25. पास 26. बेच दिया

(5)

एहु मनो[1] मूरखु लोभीआ लोभे[2] लगा लुभानु ॥

सबदि न भीजै साकता[3] दुरमति आवनु जानु ॥

साधू सतगुरु जे मिलै ता पाईऐ गुणी निधानु ॥ 1 ॥

मन रे हउमै छोडि गुमानु ॥

हरि गुरु सरवरु[4] सेवि तू पावहि दरगह मानु ॥1 ॥ रहाउ ॥

राम नामु जपि दिनसु राति गुरमुखि हरि धनु जानु ॥

सभि सुख हरि रस भोगणे संत सभामिलि गिआनु ॥

निति अहिनिसि हरि प्रभु सेविआ सतगुरि दीआ नामु ॥ 2 ॥

कूकर[5] कूड़ु कमाईऐ गुर निंदा पचै[6] पचानु ॥

भरमे भूला दुखु घणो[7] जमु मारि करै खुलहानु[8] ॥

मनमुखि सुखु न पाईऐ गुरमुखि सुखु सुभानु[9] ॥ 3 ॥

ऐथै धंधु पिटाईऐ सचु लिखतु परवानु ॥

हरि सजणु गुरु सेवदा गुर करणी प्रधानु

नानक नामु न वीसरै करमि सचै नीसाणु ॥ 4 ॥

(6)

भरमे[10] भाहि[11] न विझवै[12] जे भवै दिसंतर देसु ॥

अंतरि मैलु न उतरै धिगु[13] जीवणु धिगु वेसु[14] ॥

होरु[15] कितै[16] भगति न होवई बिनु सतिगुर के उपदेस ॥ 1 ॥

मन रे गुरमुखि अगनि निवारि[17] ॥

गुर का कहिआ[18] मनि वसै हउमै[19] त्रिसना मारि ॥ 1 ॥ रहाउ ॥

---

1. मन 2. लोभ में ही 3. माया में लिप्त 4. तालाब 5. कुत्ता 6. खुआर होता है, व्यर्थ प्रयत्न करता है 7. बहुत 8. कूट–कूट कर अन्न के दाने अलग करना, गहरी प्रकट चोटें मारना 9. सुबहान, आश्चर्य 10. भ्रमण करने से 11. आग 12. बुझती है 13. धिक्कार 14. वेश 15. और 16. किसी 17. दूर कर 18. कहा हुआ वचन 19. मैं बड़ा बन जाऊँ

मनु माणकु निरमोलु है राम नामि पति पाइ॥

मिलि सतसंगति हरि पाईऐ गुरमुखि हरि लिव लाइ॥

आपु[1] गइआ सुखु पाइआ मिलि सललै सलल[2] समाइ॥ 2 ॥

जिनि हरि हरि नामु न चेतिओ सु अउगुणि[3] आवै जाइ॥

जिसु सतगुरु पुरखु न भेटिओ सु भउजलि पचै पचाइ[4]॥

इहु माणकु जीउ निरमोलु है इउ कउडी बदलै जाइ॥ 3 ॥

जिंना सतगुरु रसि[5] मिलै से पूरे पुरख सुजाण॥

गुर मिलि भउजलु लंघीऐ दरगह पति परवाणु॥

नानक ते मुख उजले धुनि उपजै सबदु नीसाणु[6]॥ 4 ॥

(7)

अमलु[7] करि धरती बीजु सबदो[8] करि सच की आब[9] नित देहिपाणी॥

होइ किरसाणु ईमानु[10] जमाइ लै[11] भिसतु दोजकु मूड़े एव[12] जाणी॥ 1 ॥

मतु जाण सहि गली[13] पाइआ॥

माल कै माणै[14] रूप की सोभा इतु बिधी जनमु गवाइआ॥ 1 ॥ रहाउ॥

ऐब तनि चिकड़ो इहुमनु मीडको[15] कमल की सार[16] नही मूलि[17] पाई॥

भउरु उसतादु[18] नित भाखिआ[19] बोले किउ बूझै जा नह बुझाई[20]॥ 2 ॥

आखणु सुनणा पउण की बाणी[21] इहु मनु रता माइआ॥

खसम की नदरि दिलहि पसिंदे[22] जिनी करि एकु धिआइआ॥ 3 ॥

तीह[23] करि रखे पंज[24] करि साथी नाउ सैतानु मतु[25] कटि जाई॥

नानकु आखै राहि पै चलणा मालु धनु कित कू संजिआही[26]॥ 4 ॥

---

(8)

उलटिओ[1] कमलु ब्रह्मु बीचारि ॥ अमृत धार गगनि दस दुआरि[2] ॥
त्रिभवणु बेधिआ[3] आपि मुरारि ॥ 1 ॥
रे मन मेरे भरमु न कीजै ॥ मनि मानिऐ अमृत रसु पीजै ॥1॥ रहाउ ॥
जनमु जीति[4] मरणि[5] मनु मानिआ ॥ आपि मूआ मनु मन ते जानिआ ॥
नजरि भई घरु[6] घर ते जानिआ ॥ 2 ॥
जतु[7] सतु तीरथु मजनु[8] नामि[9] ॥ अधिक बिथारु करउ किसु कामि ॥
नर नाराइण अंतरजामि ॥ 3 ॥
आन[10] मनउ तउ पर घर जाउ ॥ किसु जाचउ[11] नाही को थाउ ॥
नानक गुरमति सहजि समाउ[12] ॥ 4 ॥

(9)

अउखध[13] मंत्र मूलु मन एकै[14] जे करि द्रिढु[15] चितु कीजै रे ॥
जनम जनम के पाप करम के काटनहारा लीजै रे ॥ 1 ॥
मन एको साहिबु भाई रे ॥
तेरे तीनि गुणा संसारि समावहि[16] अलखु न लखणा जाई रे ॥ 1 ॥ रहाउ ॥
सकर खंडु माइआ तनि मीठी हम तउ पंड[17] उचाई[18] रे ॥
राति अनेरी सूझसि नाही लजु[19] टूकसि मूसा[20] भाई रे ॥ 2 ॥
मनमुखि[21] करहि तेता दुखु लागै गुरमुखि मिलै वडाई रे ॥
जो तिनि कीआ सोई होआ किरतु न मेटिआ जाई रे ॥ 3 ॥
सुभर[22] भरे न होवहि ऊणे जो राते रंगु लाई रे ॥
तिन की पंक[23] होवै जे नानकु तउ मूड़ा[24] किछु पाई रे ॥ 4 ॥

---

1. वापस आया है 2. द्वार 3. बेध दिया 4. जीत कर 5. मृत्यु में 6. घर में 7. जीतना 8. स्नान
9. नाम में 10. अन्य 11. माँगूँ 12. लीन हो जाता हूँ 13. औषधि 14. एक ही 15. दृढ़, पक्का
16. समाया हुआ है, उलझा हुआ है 17. गठरी 18. उठायी 19. लज्जा 20. चूहा 21. मन की ओर
उन्मुख 22. पूरा भरा हुआ 23. कीचड़, धूल 24. मूर्ख

(10)

मनु हाली[1] किरसाणी[2] करणी[3] सरमु[4] पाणी तनु खेतु ॥

नामु बीजु संतोखु सुहागा रखु[5] गरीबी वेसु[6] ॥

भाउ[7] करम करि जमसी[8] से घर भागठ[9] देखु ॥ 1 ॥

बाबा माइआ साथि न होइ ॥

इनि[10] माइआ जगु मोहिआ विरला बूझै कोइ ॥ रहाउ ॥

हाणु[11] हटु[12] करि आरजा[13] सचु नामु करि वथु[14] ॥

सुरति सोच करि भांडसाल[15] तिसु विचि[16] तिस नो[17] रखु ॥

वणजारिआ सिउ वणजु करि लै लाहा मन हसु[18] ॥ 2 ॥

सुणि सासत[19] सउदागरी सतु घोड़े लै चलु ॥

खरचु बंनु चंगिआईआ मतु मन जाणहि कलु ॥

निरंकार कै देसि जाहि ता सुखि लहहि महलु[20] ॥ 3 ॥

लाइ चितु करि चाकरी[21] मंनि नामु करि कमु ॥

बंनु बदीआ करि धावणी ता को आखै धंनु[22] ॥

नानक वेखै नदरि करि चड़ै चवगण[23] वंनु[24] ॥ 4 ॥

(11)

जिउ मीना[25] बिनु पाणीऐ तिउ साकतु[26] मरै पिआस[27] ॥

तिउ हरि बिनु मरीऐ रे मना जो बिरथा[28] जावै सासु ॥ 1 ॥

मन रे राम नाम जसु[29] लेइ ॥

बिनु गुर इहु रसु किउ लहउ[30] गुरु मेलै हरि देइ[31] ॥ रहाउ ॥

संत जना मिलु[32] संगती गुरमुखि तीरथु होइ ॥

अठसठि तीरथ मजना[33] गुर दरसु परापति होइ ॥ 2 ॥

---

1. हल चलानेवाला 2. किसानी 3. कर्म 4. श्रम 5. रखवाला 6. वेश, पहनावा 7. भाव 8. उगेगा, जन्म लेगा 9. भाग्यवान 10. इसने 11. गुज़रना, बीतना 12. हाट, दुकान 13. उग्र 14. सौदा 15. बर्तनों की कतार 16. उसके बीच में 17. उस नाम को 18. हँसी 19. शास्त्र 20. ठिकाना 21. नौकरी 22.धन्य 23. चौगुना 24. वर्ण, रंग 25. मछली 26. ईश्वर से विलग मायाग्रस्त मनुष्य 27. प्यास 28. व्यर्थ 29. यश 30. प्राप्त करूँ 31. देता है 32. मिल 33. मज्जन, स्नान

जिउ जोगी जत[1] बाहरा तपु नाही सतु संतोखु ॥

तिउ नामै बिनु देहुरी[2] जमु[3] मारै अंतरि दोखु[4] ॥ 3 ॥

साकत प्रेमु न पाईऐ हरि पाईऐ सतिगुर भाइ ॥

सुख दुख दाता गुरु मिलै कहु नानक सिफति[5] समाइ ॥ 4 ॥

(12)

सरब जीआ सिरि[6] लेखु धुराहू[7] बिनु लेखै नही कोई जीउ ॥

आपि अलेखु[8] कुदरति करि देखै हुकमि चलाए सोई जीउ ॥ 1 ॥

मन रे राम जपहु सुखु होई ॥

अहिनिसि गुर के चरन सरेवहु[9] हरि दाता भुगता[10] सोई ॥ रहाउ ॥

जो अंतरि सो बाहरि देखहु अवरु न दूजा कोई जीउ ॥

गुरमुखि[11] एक द्रिसटि करि देखहु घटि घटि जोति समोई[12] जीउ ॥ 2 ॥

चलतौ[13] ठाकि[14] रखहु घरि[15] अपनै गुर मिलिऐ इह मति होई जीउ ॥

देखि अद्रिसटु रहउ बिसमादी[16] दुखु बिसरै सुखु होई जीउ ॥ 3 ॥

पीवहु अपिउ[17] परम सुखु पाईऐ[18] निज घरि वासा होई जीउ ॥

जनम मरण भव भंजनु गाईऐ पुनरपि[19] जनमु न होई जीउ ॥ 4 ॥

ततु[20] निरंजनु[21] जोति सबाई[22] सोहं[23] भेदु[24] न कोई जीउ ॥

अपरंपर[25] पारब्रह्मु परमेसरु नानक गुरु मिलिआ सोई जीउ ॥ 5 ॥

(13)

जा[26] तिसु[27] भावा[28] तद ही गावा[29] ॥ ता[30] गावे का फलु पावा[31] ॥

गावे का फलु होई ॥ जा आपे देवै सोई[32] ॥ 1 ॥

मन मेरे गुर बचनी[33] निधि पाई ॥ ता ते[34] सच महि रहिआ समाई ॥ रहाउ ॥

---

1. जीतना 2. शरीर 3. मौत 4. विकास 5. विशेषता, गुण 6. सिर पर 7. धुर से ही 8. अलक्ष्य
9. सेवा करो 10. भोगनेवाला 11. गुरु का बताया मार्ग 12. समायी हुई 13. भटकता हुआ
14. रोक कर 15. घर में 16. हैरान 17. अमृत 18. पा लिया जा सकता है 19. दुबारा, पुन:
20. तत्त्व 21. माया रहित 22. सब जगह 23. शोभा दे रही है 24. दूरी 25. परे से परे 26. जब 27. उस
28. अच्छा लगा 29. मैं गा सकता हूँ 30. तब 31. पा सकता हूँ 32. वह 33. वचनों से 34. उससे

गुर साखी[1] अंतरि जागी ॥ ता[2] चंचल मति तिआगी ॥
गुर साखी का उजीआरा[3] ॥ ता मिटिआ सगल अंध्यारा[4] ॥ 2 ॥
गुर चरनी मनु लागा ॥ ता जम का मारगु[5] भागा ॥
भै विचि निरभउ पाइआ ॥ ता सहजै कै घरि आइआ ॥ 3 ॥
भणति[6] नानकु बूझै को बीचारी[7] ॥ इसु जग महि करणी[8] सारी[9] ॥
करणी कीरति[10] होई ॥ जा आपे[11] मिलिआ सोई ॥ 4 ॥

रागु प्रभाती

(14)

मनु माइआ[12] मनु धाइआ[13] मनु पंखी[14] आकासि ॥
तसकर[15] सबदि[16] निवारिआ[17] नगरु[18] वुठा[19] साबासि ॥
जा तू राखहि राखि लैहि साबतु होवै रासि[20] ॥ 1 ॥
ऐसा नामु रतनु निधि मेरै ॥ गुरमति देहि लगउ[21] पगि[22] तेरै ॥1॥ रहाउ ॥
मनु जोगी मनु भोगीआ मनु मूरखु गावारु ॥
मनु दाता मनु मंगता मन सिरि[23] गुरु करतारु ॥
पंच मारि सुखु पाइआ ऐसा ब्रह्मु वीचारु ॥ 2 ॥
घटि घटि एकु वखाणीऐ कहउ न देखिआ जाइ ॥
खोटो पूठो रालीऐ[24] बिनु नावै पति जाइ ॥
जा तू मेलहि ता मिलि रहां जां तेरी होइ रजाइ[25] ॥ 3 ॥
जाति जनमु नह पूछीऐ सच घरु लेहु बताइ[26] ॥
सा जाति सा पति[27] है जेहे करम कमाइ ॥
जनम मरन दुखु काटीऐ नानक छूटसि नाइ[28] ॥ 4 ॥

---

1. शिक्षा 2. तब 3. प्रकाश 4. अँधेरा 5. मार्ग 6. कहता है 7. विचारवान 8. कर्म 9. श्रेष्ठ
10. महिमा 11. ख़ुद, स्वयं 12. माया 13. दौड़ता है 14. पक्षी 15. चोर 16. गुरु के
शब्द 17. दूर किए 18. नगर 19. बस गया 20. पूँजी 21. लगता हूँ 22. पाँव में 23. मन के सिर
पर 24. उल्टा करके जलाया जाता है 25. इच्छा, हुक्म 26. पूछ लो 27. जाति-पाँति 28. नाम से

धनु जोबनु अरु फुलड़ा

सिरीरागु

(1)

लेखै[1] बोलणु बोलणा[2] लेखै खाणा खाउ॥

लेखै वाट[3] चलाईआ लेखै सुणि वेखाउ[4]॥

लेखै साह लवाईअहि[5] पड़े कि पुछण जाउ॥ 1 ॥

बाबा[6] माइआ रचना धोहु[7]॥

अंधै नामु विसारिआ ना तिसु एह न ओहु॥ 1 ॥ रहाउ॥

जीवण मरणा जाइ कै[8] एथै[9] खाजै[10] कालि[11]॥

जिथै बहि[12] समझाईऐ तिथै कोइ न चलिओ नालि॥

रोवण वाले जेतड़े सभि बंनहि पंड[13] परालि[14]॥ 2 ॥

सभु को आखै बहुतु बहुतु घटि न आखै कोइ॥

कीमति किनै न पाईआ कहणि न वडा[15] होइ॥

साचा साहबु एकु तू होरि जीआ केते लोअ॥ 3 ॥

नीचा अंदरि नीच जाति नीची हू[16] अति नीचु॥

नानकु तिन कै संगि साथि वडिआ सिउ किआ रीस[17]॥

जिथै नीच समालीअनि[18] तिथै नदरि तेरी बखसीस॥ 4 ॥

---

1. गणना में 2. बोलचाल 3. मार्ग, यात्रा 4. देखना 5. लिए जा रहे हैं 6. भाई 7. खेल 8. जन्म लेकर 9. यहाँ 10. खाने की कोशिश 11. समय 12. बैठकर 13. गठड़ी 14. व्यर्थ 15. बड़ा 16. से 17. बराबरी 18. सँभाले जाते हैं

(2)

लबु[1] कुता कूड़ु[2] चूहड़ा ठगि खाधा मुरदारु॥

पर निंदा पर[3] मलु[4] मुख सुधी[5] अगनि क्रोधु चंडालु॥

रस कस आपु सलाहणा[6] ए[7] करम मेरे करतार॥ 1॥

बाबा बोलीऐ पति[8] होइ॥

ऊतम से[9] दरि[10] ऊतम कही अहि[11] नीच करम बहि रोइ॥1॥ रहाउ॥

रसु[12] सुइना रसु रुपा[13] कामणि रसु परमल[14] की वासु॥

रसु घोड़े रसु सेजा मंदर[15] रसु मीठा रसु मासु॥

एते रस सरीर के कै घटि नाम निवासु॥ 2॥

जितु[16] बोलिऐ पति पाईऐ सो बोलिआ परवाणु[17]॥

फिका बोलि विगुचणा[18] सुणि मूरख मन अजाण॥

जो तिसु भावहि से भले होरि कि कहण वखाण॥ 3॥

तिन मति तिन पति तिन धनु पलै जिन हिरदै रहिआ समाइ॥

तिन का किआ सालाहणा अवर सुआलिउ[19] काइ॥

नानक नदरी बाहरे[20] राचहि दानि[21] न नाइ[22]॥ 4॥

(3)

जालि[23] मोहु घसि[24] मसु[25] करि मति कागदु करि सारु[26]॥

भाउ[27] कलम करि चितु लेखारी गुर पुछि लिखु बीचारु॥

लिखु नामु सालाह लिखु लिखु अंतु न पारावारु॥ 1॥

बाबा एहु लेखा लिखि जाणु॥

जिथै लेखा मंगीऐ तिथै होइ सचा नीसाणु[28]॥ 1॥ रहाउ॥

---

1. खाने का लालच 2. झूठ 3. परायी 4. मैल 5. पूरी 6. सराहना 7. ये 8. इज्जत 9.वही 10. दरवाज़ा 11. कहे जाते हैं 12. चस्का 13. चाँदी 14. सुगंधि 15. घर 16. जिस 17. निष्णात, सुलक्षणा 18. भ्रम, ख़त्म होना 19. सुंदर 20. बाहर, वंचित 21. दान 22. नाम 23. जला कर 24. घिस कर 25. स्याही 26. बढ़िया 27. प्रेम 28. पहचान, परवाना

जिथै मिलहि वडिआईआ सद[1] खुसीआ सद चाउ॥
तिन मुखि टिके निकलहि जिन मनि सचा नाउ॥
करमि मिलै ता पाईऐ नाही गली वाउ[2] दुआउ[3]॥ 2 ॥
इकि आवहि इकि जाहि उठि रखीअहि नाव[4] सलार[5]॥
इकि उपाए मंगते इकना वडे दरवार॥
अगै गइआ जाणीऐ विणु नावै वेकार॥ 3 ॥
भै[6] तेरै डरु अगला खपि[7] खपि छिजै देह॥
नाव जिना सुलतान खान होदे डिठे खेह॥
नानक उठी चलिआ सभि कूड़े[8] तुटे नेह॥ 4 ॥

(4)

धनु जोबनु अरु[9] फुलड़ा[10] नाठीअड़े[11] दिन चारि॥
पबणि[12] केरे[13] पत[14] जिउ ढलि ढुलि[15] जुमणहार[16]॥ 1 ॥
रंगु[17] माणि लै पिआरिआ जा जोबनु नउ हुला[18]॥
दिन थोड़े थके भइआ पुराणा चोला[19]॥ 1 ॥ रहाउ॥
सजण मेरे रंगुले जाइ सुते जीराणि[20]॥
हं भी[21] वंञा[22] डुमणी[23] रोवा झीणी बाणि[24]॥ 2 ॥
की न सुणेही गोरीए[24] आपण कंनीसोइ॥
लगी आवहि साहुरै नित न पेईआ[25] होइ॥ 3 ॥
नानक सुती पेईऐ जाणु विरती[26] संनि[27]॥
गुणा गवाई गंठड़ी अवगण चली बंनि॥ 4 ॥

---

1. सदा 2. हवा 3. बातें 4. नाम 5. सरदार 6. भय 7. खपकर 8. झूठे 9. और 10. फूल
11. अतिथि, मेहमान 12. पानी किनारे उगी हुई वनस्पति 13. के 14. पत्ते 15. मुरझा-मुरझाकर
16. नाशवान, जानेवाला 17. आत्मिक आनंद 18. नवयौवन 19. शरीर 20. क्ब्रिस्तान 21. हम
भी 22. जाऊँगी 23. दुचित्ति, दुविधाग्रस्त 24. गोरी 25. पिता का घर 26. वि+रति, दिन दहाड़े
27. सेंध

(5)

इहु तनु धरती बीजु करमा[1] करो सलिल[2] आपाउ[3] सारिंगपाणी[4] ॥

मनु किरसाणु[5] हरि रिदै[6] जमाइ लै[7] इउ[8] पावसि पदु निरबाणी[9] ॥ 1 ॥

काहे गरबसि[10] मूढ़े[11] माइआ ॥

पित[12] सुतो[13] सगल[14] कालत्र[15] माता तेरे होहि न अंति सखाइआ[16] ॥ रहाउ ॥

बिखै बिकार दुसट[17] किरखा करे[18] इन तजि[19] आतमै होइ धिआई ॥

जपु तपु संजमु[20] होहि जब राखे कमलु बिगसै मधु आस्रमाई[21] ॥ 2 ॥

बीस सपताहरो[22] बासरो संग्रहै तीनि खोड़ा नित कालु सारै[23] ॥

दस[24] अठार[25] मै अपरमपरो चीनै कहै नानकु इव[26] एकु तारै ॥ 3 ॥

(6)

एकु सुआनु[27] दुइ सुआनी[28] नालि ॥ भलके[29] भउकहि सदा बइआलि[30] ॥

कूड़[31] छुरा मुठा[32] मुरदारु ॥ धाणक[33] रूपि[34] रहा करतार ॥ 1 ॥

मै पति की पंदि[35] न करणी की कार ॥ हउ बिगड़ै रूपि रहा बिकराल[36] ॥

तेरा एकु नामु तारे संसारु ॥ मै एहा आस एहो आधारु ॥ 2 ॥ रहाउ ॥

मुखि निंदा आखा दिनु राति ॥ पर घरु जोही[37] नीच सनाति[38] ॥

कामु क्रोधु तनि[39] वसहि चंडाल ॥ धाणक रूपि रहा करतार ॥ 3 ॥

फाही सुरति[40] मलूकी वेसु[41] ॥ हउ ठगवाड़ा ठगी देसु ॥

खरा सिआणा बहुता भारु[42] ॥ धाणक रूपि रहा करतार ॥ 4 ॥

मै कीता न जाता हरामखोरु[43] ॥ हउ किआ मुहु देसा[44] दुसटु चोरु ॥

नानकु नीचु कहै बीचारु ॥ धाणक रूपि रहा करतार ॥ 5 ॥

---

1. दैनंदिन कर्म 2. पानी 3. सींचना 4. सारंगपाणि, विष्णु (ईश्वर का नाम) 5. किसान 6. हृदय में 7. जमा ले, उगा ले 8. इस तरह 9. निर्वाण 10. गर्व करता है 11. मूर्ख 12. पिता 13. सुत 14. समस्त 15. स्त्री 16. मित्र 17. दुष्ट 18. उखाड़ देना 19. छोड़कर 20. संयम 21. चूता है 22. बीस सप्तहरो = 27 दिन 27 नक्षत्र 23. याद रखे 24. दस = चार वेद और छह शास्त्र 25. अठारह पुराण 26. इस तरह 27. स्वान, कुत्ता 28. कुतियाएँ (माया और तृष्णा) 29. नित्य 30. सुबह 31. झूठ 32. ठगा जा रहा हूँ 33. साहसी क़बीला 34. रूप वाला 35. नसीहत 36. भयंकर 37. प्रतीक्षा की 38. निम्न कर्मवाला 39. तन में 40. ध्यान इस तरफ़ कि लोगों को फँसा लूँ 41. फ़क़ीरोंवाला वेश 42. बोझ 43. पराया हक़ खानेवाला 44. दूँगा

(7)

अछल[1] छलाई नह छलै नह घाउ[2] कटारा करि सकै॥

जिउसाहिबु राखै तिउ रहै इसु लोभी का जीउ टल पलै[3] ॥ 1 ॥

बिनु तेल दीवा किउ[4] जलै ॥1 ॥ रहाउ॥

पोथी पुराण कमाईऐ॥ भउ वटी इतु[5] तनि[6] पाईऐ॥

सचु बूझणु आणि[7] जलाईऐ॥ 2 ॥

इहु तेलु दीवा इउ जलै॥ करि चानणु साहिब तउ मिलै॥ 1 ॥ रहाउ॥

इतु तनि लागै बाणीआ॥ सुखु होवै सेव कमाणीआ॥

सभ दुनीआ आवण जाणीआ॥ 3 ॥

विचि दुनीआ सेव कमाईऐ॥ ता दरगह बैसणु[8] पाईऐ॥

कहु नानक बाह लुडाईऐ[9] ॥ 4 ॥

रागु गउड़ी

(8)

कामु क्रोधु माइआ महि चीतु॥ झूठ विकारि जागै हित चीतु॥

पूंजी पाप लोभ की कीतु॥ तरु[10] तारी[11] मनि नामु सुचीतु[12] ॥ 1 ॥

वाहु[13] वाहु साचे मै तेरी टेक॥ हउ पापी तूं निरमलु एक॥ 1 ॥ रहाउ॥

अगनि पाणी बोलै भड़वाउ[14] ॥ जिहवा इंद्री एकु सुआउ॥

दिसटि विकारी नाही भउ भाउ॥ आपु मारे ता पाए नाउ॥ 2 ॥

सबदि मरै फिरि मरणु न होइ॥ बिनु मूए किउ पूरा होइ॥

परपंचि विआपि रहिआ मनु दोइ[15] ॥ थिरु[16] नाराइणु करेसु होइ॥ 3 ॥

बोहिथि[17] चड़उ जा आवै वारु॥ ठाके बोहिथ दरगह मार॥

सचु सालाही[18] धंनु[19] गुरदुआरु॥ नानक दरि घरि एकंकारु॥ 4 ॥

---

1. जो छला न जा सके 2. ज़ख्म 3. डोलता है 4. क्यों 5. इसमें 6. तन में 7. लाकर 8. बैठने की जगह 9. निश्चिंत हो जाइए 10. तुलहा 11. बेड़ी 12. सुचित्त 13. आश्चर्य 14. बुरे बोल 15. द्वैत 16. स्थिर 17. जहाज 18. सलाह, परामर्श, स्तुति 19. श्रेष्ठ

अमृत[1] काइआ[2] रहै सुखाली[3] बाजी इहु संसारो॥

लबु लोभु मुचु[4] कूड़ु कमावहि बहुतु उठावहि भारो॥

तूं काइआ मै रुलदी देखी जिउ धर उपरि छारो[5]॥ 1॥

सुणि सुणि सिख[6] हमारी॥

सुक्रितु[7] कीता रहसी[8] मेरे जीअड़े बहुड़ि[9] न आवै वारी॥ 1॥ रहाउ॥

हउ[10] तुधु आखा मेरी काइआ तूं सुणि सिख हमारी॥

निंदा चिंदा[11] करहि पराई झूठी लाइतबारी[12]॥

वेलि[13] पराई जोहहि[14] जीअड़े करहि चोरी बुरिआरी॥

हंसु चलिआ तूं पिछै रहीएहि छुटड़ि होईअहि नारी॥ 2॥

तूं काइआ रहीअहि सुपनंतरि[15] तुधु किआ करम कमाइआ॥

करि चोरी मै जा किछु लीआ ता मनि भला भाइआ॥

हलति[16] न सोभा पलति[17] न ढोई अहिला[18] जनमु गवाइआ॥ 3॥

हउ खरी दुहेली[19] होई बाबा नानक मेरी बात न पुछै कोई॥ 1॥ रहाउ॥

ताजी[20] तुरकी सुइना रुपा कपड़ केरे भारा॥

किस ही नालि न चले नानक झड़ि झड़ि पए गवारा[21]॥

कूजा[22] मेवा मै सभ किछु चाखिआ इकु अमृतु नामु तुमारा॥ 4॥

दे दे नीव दिवाल उसारी भस[23] मंदर की ढेरी॥

संचे संचि न देई किस ही अंधु जाणै सभ मेरी॥

सोइन लंका सोइन माड़ी[24] संपै[25] किसै न केरी॥ 5॥

सुणि मूरख मंन अजाणा॥ होगु[26] तिसै का भाणा[27]॥ 1॥ रहाउ॥

साहु हमारा ठाकुरु भारा हम तिस के वणजारे॥

जीउ पिंडु सभ रासि तिसै की मारि आपे जीवाले॥ 6॥

---

1. अमर समझनेवाली 2. काया 3. सुख का घर 4. बहुत 5. राख 6. शिक्षा 7. सुकृत्य 8. रहेगी
9. पुनः 10. मैं 11. चिंतन 12. ऐतबार हटाने का काम 13. स्त्री 14. देखता है 15. सपने में
16. इस लोक में 17. परलोक में 18. उत्तम 19. दुःखी 20. घोड़े 21. मूर्ख 22. मिश्री 23. राख
24. महल 25. धन 26. होएगा 27. रजा

(10)

अवरि[1] पंच[2] हम एक जना किउ राखउ घर बारु[3] मना ॥

मारहि लूटहि नीत[4] नीत किसु आगै करी पुकार जना ॥1॥

स्त्री राम नामा उचरु[5] मना ॥ आगै जम दलु बिखमु[6] घना[7] ॥ 1 ॥ रहाउ ॥

उसारि मड़ोली[8] राखै दुआरा भीतरि बैठी सा धना[9] ॥

अमृत[10] केल करे नित कामणि अवरि लुटेनि[11] सु पंच जना ॥ 2 ॥

ढहि मड़ोली लूटिआ देहुरा[12] सा धन पकड़ी एक जना ॥

जम डंडा गलि संगलु पड़िआ भागि गए से पंच जना ॥ 3 ॥

कामणि लोड़ै सुइना रुपा मित्र लुड़ेनि[13] सु खाधाता[14] ॥

नानक पाप करे तिन कारणि जासी जमपुरि बाधाता[15] ॥ 4 ॥

(11)

मुंद्रा[16] ते घट[17] भीतरि मुंद्रा कांइआ कीजै खिंथाता[18] ॥

पंच चेले वसि कीजहि रावल[19] इहु मनु कीजै डंडाता ॥ 1 ॥

जोग जुगति[20] इव पावसिता[21] ॥

एकु सबदु दूजा होरु नासति[22] कंद मूलि मनु लावसिता[23] ॥ 1 ॥ रहाउ ॥

मूंडि मुंडाइऐ जे गुरु पाईऐ हम गुरु कीनी गंगाता ॥

त्रिभवण तारणहारु सुआमी एकु न चेतसि अंधाता ॥ 2 ॥

करि पट्मबु[24] गली[25] मनु लावसि[26] संसा मूलि न जावसिता ॥

एकसु चरणी जे चितु लावहि लबि लोभि की धावसिता[27] ॥ 3 ॥

जपसि निरंजनु रचसि[28] मना ॥ काहे बोलहि जोगी कपटु घना ॥ 1 ॥ रहाउ ॥

काइआ कमली[29] हंसु[30] इआणा मेरी मेरी करत बिहाणीता ॥

प्रणवति नानकु नागी दाझै फिरि पाछै[31] पछुताणीता ॥ 4 ॥

---

1. दूसरे, अन्य 2. पाँच, पंचेन्द्रिय 3. घर बार 4. नित्य, हमेशा 5. बोल 6. विषम, मुश्किल 7. बहुत 8. मठ 9. वह स्त्री 10. अमर मानने वाली 11. लूटते रहते हैं 12. देवालय, मंदिर 13. तलाशते हैं 14. खाने के पदार्थ 15. बँधा हुआ 16. मुंद्रा, साधुओं के कानों में पहना जानेवाला आभूषण 17. हृदय 18. खिंथा, गठरी 19. योगी 20. युक्ति 21. पा लेगा 22. नास्ति, नहीं है 23. लगा ले 24. दिखावा 25. बातों से 26. लगाता है 27. दौड़ेगा 28. रचाकर 29. पगली 30. हंस, जीवात्मा 31. समय बीत जाने के बाद

(12)

मोहु कुट्मबु मोहु सभ कार ॥ मोहु तुम तजहु सगल वेकार ॥ 1 ॥

मोहु अरु भरमु तजहु तुम्ह बीर[1] ॥ साचु नामु रिदे रवै[2] सरीर ॥ 1 ॥रहाउ॥

सचु नामु जा[3] नव निधि[4] पाई ॥ रोवै पूतु[5] न कलपै माई[6] ॥ 2 ॥

एतु[7] मोहि[8] डूबा संसारु ॥ गुरमुखि कोई उतरै पारि ॥ 3 ॥

एतु मोहि फिरि जूनी पाहि[9] ॥ मोहे लागा जम पुरि[10] जाहि[11] ॥ 4 ॥

गुर दीखिआ[12] ले जपु तपु कमाहि[13] ॥ ना मोहु टूटै ना थाइ पाहि[14] ॥ 5 ॥

नदरि करे ता एहु मोहु जाइ ॥ नानक हरि सिउ रहै समाइ ॥ 6 ॥

(13)

भीतरि[15] पंच[16] गुप्त[17] मनि वासे ॥ थिरु[18] न रहहि जैसे भवहि उदासे ॥ 1 ॥

मनु मेरा दइआल सेती थिरु न रहै ॥

लोभी कपटी पापी पाखंडी माइआ अधिक लगै ॥ 1 ॥ रहाउ॥

फूल माला गलि पहिरउगी[19] हारो ॥

मिलैगा प्रीतमु तब करउगी[20] सीगारो ॥ 2 ॥

पंच सखी[21] हम एकु भतारो[22] ॥ पेडि[23] लगी है जीअड़ा चालणहारो ॥ 3 ॥

पंच सखी मिलि रुदनु करेहा ॥ साहु पजूता[24] प्रणवति नानक लेखा देहा ॥4 ॥

---

1. भाई 2. स्मरण करता है 3. जब 4. नौ ख़जाने 5. पुत्र 6. माता 7. इसमें 8. मोह में 9. पाएगा
10. यम के देश में 11. जाएगा 12. दीक्षा 13. कमाते हैं 14. स्वीकार होते हैं 15. मन के अंदर
16. पाँच कामादिक वृत्तियाँ 17. गुप्त, छिपे हुए 18. स्थिर 19. पहनूँगी 20. करूँगी 21. पाँच
ज्ञानेंद्रिय सखियाँ 22. पति 23. पिंड में, शरीर में 24. पकड़ा जाता है

राग धनासरी

(14)

हम आदमी हां इक दमी[1] मुहलति[2] मुहतु[3] न जाणा॥
नानकु बिनवै तिसै सरेवहु[4] जा के जीअ[5] पराणा[6]॥ 1॥
अंधे जीवना वीचारि देखि केते[7] के दिना॥ 1॥ रहाउ॥
सासु मासु[8] सभु जीउ तुमारा तू मै खरा पिआरा॥
नानकु साइरु[9] एव[10] कहतु है सचे परवदगारा॥ 2॥
जे तू किसै न देही मेरे साहिबा किआ[11] को कढै[12] गहणा[13]॥
नानकु बिनवै सो किछु पाईऐ पुरबि लिखे का लहणा[14]॥ 3॥
नामु खसम का चिति[15] न कीआ कपटी कपटु कमाणा॥
जम दुआरि जा पकड़ि चलाइआ[16] ता चलदा पछुताणा॥ 4॥
जब लगु[17] दुनीआ[18] रहीऐ नानक किछु सुणीऐ किछु कहीऐ॥
भालि रहे हम रहणु न पाइआ जीवतिआ मरि रहीऐ॥ 5॥

राग बसंतु

(15)

सगल[19] भवन[20] तेरी माइआ[21] मोह॥
मै अवरु[22] न दीसै सरब तोह[23]॥ तू सुरि नाथा देवा देव॥
हरि नामु मिलै गुर चरन सेव॥ 1॥
मेरे सुंदर गहिर गंभीरलाल॥
गुरमुखि[24] राम नाम गुन गाए तू अपरंपरु सरब पाल[25]॥ 1॥ रहाउ॥

---

1. एक दम (साँस) वाले 2. मियाद 3. समय 4. स्मरण करो 5. जीव 6. प्राण 7. कितने 8. शरीर
9. कवि, ढाढ़ी, शायर 10. ये ही 11. क्या 12. पेश कर दे 13. आभूषण 14. मिलने योग्य चीज़
15. चित्त 16. चलाया गया 17. तक 18. दुनिया 19. समस्त 20. लोक 21. माया 22. दूसरा
23. तेरा 24. गुरु द्वारा प्रशस्त मार्ग 25. पालक

बिनु साध[1] न पाईऐ हरि का संगु॥ बिनु गुर मैल मलीन अंगु॥
बिनु हरि नाम न सुधु[2] होइ॥ गुर सबदि सलाहे साचु सोइ॥2॥
जा कउ तू राखहि रखनहार॥ सतिगुरु मिलावहि करहि सार॥
बिखु[3] हउमै ममता परहराइ[4]॥ सभि[5] दूख बिनासे राम राइ॥3॥
ऊतम गति मिति हरि[6] गुन सरीर॥ गुरमति प्रगटे राम नाम हीर॥
लिव लागी नामि तजि दूजा[7] भाउ॥ जन नानक हरि गुरु गुर मिलाउ[8]॥4॥

□□□

---

1. गुरु 2. पवित्र 3. जहर 4. दूर कर लेता है 5. सारे 6. हीरा 7. अन्य 8. मिलाओ

राजपाल एण्ड सन्ज़ की स्थापना एक शताब्दी पूर्व 1912 में लाहौर में हुई थी। आरम्भिक दिनों में अधिकतर धार्मिक, सामाजिक और देश-प्रेम की पुस्तकें प्रकाशित होती थीं और हिन्दी के अतिरिक्त अंग्रेज़ी, उर्दू व पंजाबी भाषा में भी पुस्तकें प्रकाशित की जाती थीं।

1947 में भारत-विभाजन के बाद राजपाल एण्ड सन्ज़ को नए सिरे से दिल्ली में स्थापित किया गया और साहित्यिक पुस्तकों के प्रकाशन का आरम्भ हुआ। रामधारी सिंह दिनकर, महादेवी वर्मा, बच्चन, अज्ञेय, शिवानी, आचार्य चतुरसेन, विष्णु प्रभाकर, राजेन्द्र यादव, मोहन राकेश, रांगेय राघव, कमलेश्वर और अन्य साहित्यिक लेखकों की कृतियाँ यहाँ से प्रकाशित होने लगीं। राजपाल एण्ड सन्ज़ से प्रकाशित *मधुशाला, कुरुक्षेत्र, मानस का हंस, आवारा मसीहा, कितने पाकिस्तान, आषाढ़ का एक दिन* जैसी पुस्तकें हिन्दी साहित्य की 'क्लासिक पुस्तकें' मानी जाती हैं और आज भी लोकप्रियता के शिखर पर हैं। भारत के राष्ट्रपतियों और प्रधानमंत्रियों की पुस्तकें प्रकाशित करने का गौरव भी राजपाल एण्ड सन्ज़ को प्राप्त है। नोबेल पुरस्कार से सम्मानित अर्थशास्त्री डॉ. अमर्त्य सेन की सभी पुस्तकों के हिन्दी अनुवाद यहाँ से प्रकाशित हैं। अन्तरराष्ट्रीय चर्चित पुस्तकों के अनुवाद, विश्वविख्यात कोशकार डॉ. हरदेव बाहरी द्वारा सम्पादित 'राजपाल' शब्दकोशों की शृंखला और किशोरों के लिए सैकड़ों पुस्तकें राजपाल एण्ड सन्ज़ से प्रकाशित हुई हैं।

पाठकों के स्वस्थ और सुरुचिपूर्ण मनोरंजन और ज्ञानवर्धन के लिए समर्पित राजपाल एण्ड सन्ज़ से हिन्दी और अंग्रेज़ी में पुस्तकें प्रकाशित होती हैं जो देश के सभी बड़े पुस्तक-विक्रेताओं और विश्व भर के ऑनलाइन विक्रेताओं के यहाँ उपलब्ध हैं।

राजपाल एण्ड सन्ज़

1590 मदरसा रोड, कश्मीरी गेट, दिल्ली-6, फोन: 011-23869812, 23865483
email: sales@rajpalpublishing.com, facebook: facebook.com/rajpalandsons
website: www.rajpalpublishing.com